AF199498

Marie LaBelle

Männer und andere Zwischenfälle

Marie LaBelle schreibt augenzwinkernd über die ganz alltäglichen Begebenheiten, die uns und unser Leben so lebens-, liebens- und manchmal eben auch leidenswert machen.

Marie LaBelle

MÄNNER

und andere Zwischenfälle

Bibliografische Information der Deutschen Nationalbibliothek:
Die Deutsche Nationalbibliothek verzeichnet diese Publikation in der
Deutschen Nationalbibliografie; detaillierte bibliografische Daten
sind im Internet über http://dnb.dnb.de abrufbar.

ISBN: 978-3-7504-0884-5

Titelbild: Lea Lanfermann, ›La Voce reloaded‹, 2019
Umschlagsgestaltung: Ulla Niemczyk
Herstellung und Verlag: BoD – Books on Demand, Norderstedt

Inhaltsverzeichnis

Mit-, für-, gegeneinander: Das liebe Liebes-Leben

Vorwort

Wäre unser Leben vorstellbar ohne die Liebe, ohne die unzähligen Beziehungsversuche, die wir unternehmen und auch ohne die Leiden, die diese uns schaffen? Wohl kaum. Grund genug, mal das auszusprechen, was in uns vorgeht, was uns bewegt und teilweise kaum bewältigbar erscheint, da wir es so wenig miteinander teilen.

Dem immerwährenden Wunsch nach Beziehungen und unseren nicht enden wollenden Versuchen, in solche einzusteigen, ist der erste Teil des Buchs gewidmet. Das daraus folgende Liebesleben, insbesondere mit den Kümmernissen, die uns Erotik, Sex und Leidenschaft so manches Mal – und das meist völlig unnötig – bereiten, stehen im Fokus des zweiten Teils. Wie wir im Verlauf unserer Beziehungsversuche häufig eher gegen- als füreinander zu agieren scheinen, wird im dritten Teil thematisiert.

Auch wenn in diesem Buch kein Blatt vor den Mund genommen, so manches Unangenehme beim Namen genannt und ungeschminkt widergegeben wird, so ist dieses Buch als Ode an das Leben im Allgemeinen und das dazugehörige Liebes-Leben im Besonderen zu verstehen. Denn es ist und bleibt die Liebe, die das Leben so l(i)ebenswert macht.

Romantik, Liebe, Internet:

Wo ein Wille, da ein Weg

Beziehungskunde

Mal ehrlich, überwiegend läuft es doch so ab: Wir treffen jemanden, den wir nett finden und denken uns „Beziehung – warum nicht?", im besten Fall verknallen wir uns spontan in jemandem, der uns begegnet, im schlimmsten Fall lassen wir uns auf denjenigen ein, der grad unseren Weg kreuzt und uns nicht allzu abwegig erscheint.

Der Regelfall ist also, dass wir Männern begegnen, bei denen unser Kopf sagt, „den solltest du lieben, denn der ist eine gute Partie für dich" oder „in die Beziehung stürz' dich mal lieber richtig rein, wer weiß, ob sich jemals was Besseres findet". Wie auch immer es läuft, oft landen wir unversehens in einer Beziehung, ohne zu wissen, wie man sie zuvor hätte hinterfragen sollen und wie man sie nun noch klären oder vielleicht sogar sinnvollerweise wieder beenden sollte. Wie selten ist es jedoch, dass wir jemanden treffen, mit dem wir nicht nur zusammen sein und eine Beziehung haben wollen, sondern den wir auch noch dazu wirklich lieben können! Wie wir das bemerken würden? Beispielsweise, wenn sich unser Innerstes dem anderen auch wirklich öffnen möchte, wenn etwas tief in uns sich auf ihn einzulassen vermag.

Doch wo, bitteschön, lernen wir das? Aus den verkorksten Beziehungen unserer Eltern? In der Schule gibt es kein Unterrichtsfach, das uns auf den wohl kompliziertesten Teil unseres Lebens vorbereiten würde – auf Beziehungen. Manchmal denke ich, Beziehungskunde wäre das einzig wichtige Fach, das es zu unterrichten gilt, denn es würde

Vieles im Leben vereinfachen: Stellt euch vor, Menschen wären in der Lage, stabile Beziehungen einzugehen, die richtigen Partner auszuwählen, sich selbst besser zu kennen. Sie könnten Kinder vernünftig erziehen, würden einander nicht traumatisieren, sich keine Machtkämpfe liefern, keine Kriege führen. Sie würden einander und sich selbst verstehen, würden sich angenommen fühlen und wären erstmals wirklich glücklich. Eine Traumvorstellung für viele von uns, ein Alptraum für andere, wie zum Beispiel für die Pharmaunternehmen, die Rüstungsindustrie, die Drogenszene. Und schon wissen wir, warum es ein Geheimnis bleibt – Beziehungskunde wäre nämlich tatsächlich eine Lösung.

Der Mann, der sich nicht traut

Wir waren beide überrascht von unserer ersten Begegnung, überrascht, weil sie besonders war, weil sie Lust auf mehr machte, weil sie Sehnsüchte weckte, weil wir die Breite und die Tiefe des anderen mehr spürten als um sie wirklich wussten – und weil es unheimlich war. Dann sahen wir uns wieder, nach Monaten. Und wieder war das gleiche unglaubliche Wohlbefinden da, unsere ersten Küsse, die erzählten von den ungelebten Nächten, der Zärtlichkeit, der Leidenschaft, der Sehnsucht und den Ängsten, die wir vor uns hätten, von einem erfüllten Leben, das wir miteinander haben könnten, in welchem wir unsere extremen Pole und gegensätzlichen Begabungen beim anderen wiederfinden und daher einander erfassen könnten, wie kaum ein anderer.

Und dann sahen wir uns schon wieder nicht wieder – ich weiß nicht, ob es wirklich so widrige Randbedingungen sind, die einem Wiedersehen entgegenstehen oder ob du uns nur geschickt auf Distanz hältst. Doch warum? Weil aus uns wirklich etwas werden könnte? Sich eine Liebe anbahnt und nicht nur eine lapidare Durchschnittsbeziehung ohne innere Beteiligung? Weil uns die Größe unserer erwachenden Gefühle Angst macht? Wovor du Angst hast, weiß ich nicht, weißt du vielleicht selber nicht, doch ich komme ins Grübeln.

Was tun mit jemandem, der Angst vor unserer Liebe hat? Meines Erachtens gibt es in der Liebe nur zwei Kategorien von Menschen: die Mutigen und die Ängstlichen.

Natürlich können wir meist nicht dazu, als welcher davon wir aus einer alten Beziehung herausgehen und der Chance auf eine Liebe begegnen. Aber wir können dazu, wer wir sein möchten, wenn die neue Liebe zum Greifen nah vor uns steht. Denn Vergangenheit ist Vergangenheit. Ohne unsere Vergangenheit wären wir zwar jetzt nicht der Mensch, der wir sind und der Partner nicht der, der er ist. Doch können wir uns entscheiden, jetzt der Mutige zu sein. Denn unsere Angst, unser Misstrauen sind meist alte und keine aktuellen Gefühle. In jedem neuen Gefühl schwingt das alte erstmal noch ein wenig mit, bis sich das neue dann durchsetzt. Ob wir die Zeit des Kennenlernens ins Unermessliche ausdehnen oder die Zeit des Wiedersehens ins Unendliche strecken, all das mindert weder die Angst noch mehrt es die Chance auf ein glückliches Durchstarten, im Gegenteil, es dauert umso länger, bis wir das Neue (Positive) spüren können. Das Einzige, was hilft, ist, hineinzuspringen in die Chance, ist, sich einzulassen und das Risiko einzugehen, möglicherweise auch zu scheitern. Wer Liebe will, muss ja sagen zur Gegenwart *und* zur Zukunft, die Entscheidung treffen für etwas, das wichtiger ist, als die Angst.

Ein Leben mit Liebe ist nicht notwendigerweise ein glückliches, aber ein Leben ohne Liebe ist definitiv ein unglückliches Leben. Daher möchte ich dich an die Hand nehmen und mit dir hineinspringen in diese wunderbare Chance auf ein Leben voller lieben dürfen und geliebt werden. Und du, bist du einer, der sich traut? Springst du mit?

Emotionale Wüste

Er ruft nicht an, er schickt keine WhatsApp. Früher blieb Frau zuhause neben dem Kabeltelefon sitzen, um nur ja keinen Anruf zu verpassen; löffelte kiloweise Eiscreme in sich hinein, um sich beim vergeblichen Warten zu trösten. Heute, im Zeitalter der schnellen Technologien, sind wir per Handy immerzu erreichbar, und den Herren der Schöpfung stehen wesentlich einfachere und zahlreichere Möglichkeiten zur Verfügung, um sich zu melden, als je zuvor. Und was ist? Wir warten dennoch vergeblich. Warum tun wir uns das an? Warum warten wir? Warum haben wir eine solche Sehnsucht nach Kontakt? Was soll „man" denn hier bedienen oder befriedigen? Das sich kurz bei uns per WhatsApp, Mail oder Telefon melden würde uns zeigen, dass die Beziehung stimmt, dass wir wichtig sind für den anderen, dass wir eine Bedeutung haben, dass er uns – trotz der möglichen Jagd auf andere – nicht vergessen hat.

Und sie haben es doch heutzutage so gut, die Kerle, sie brauchen für jegliche emotionale Äußerung nur noch irgendeinen Smiley, Kussmund oder ein Herzchen als Symbol einblenden, sie müssen sie gar nicht mehr aussprechen, die großen Gefühle, sie können sie mit einem einzigen Symbol erledigen! Ein Kusssmiley oder drei rote Lippen, mein Gott, wie einfach ist es auf diese Weise doch, das Gefühlszeug zu kommunizieren, ohne gleich noch in ein Gespräch darüber verwickelt zu werden (nach dem Motto „Wie meinst du das?" „Biste sicher?"), einfach schnell ein Emoji rübergewhatsappt und schon ist sie glücklich, kann stundenlang und immer wieder aufs Neue die WhatsApp anschauen und vor sich hinträumen. So schön, so gut. Doch Männer haben nun mal eine andere „Taktung". Die meisten haben gar kein Bedürfnis nach diesem ständigen Melden. Sie haben ja sozusagen die Beziehung „klar gemacht" und damit ist aus ihrer Sicht doch alles ausreichend geregelt. Wir Frauen hingegen wollen dies immer wieder hören, wollen mindestens ein nächstes Date fest stehen haben und am besten sonst noch wissen, was zukünftig für uns mit ihm ansteht. Ja, ist das denn zu viel verlangt?

Neuerdings ruft er immer mal wieder an. Doch er weiß nicht, was ich meine, wenn ich nach seinem Tag frage und wie es ihm erging. Dass er mir erzählt, welche Krawatte sein Chef heute trug? Dass der Kollege sein Handicap verbessert hat? Was er zu Mittag gegessen hat?

Ich will mehr, will, dass er mehr erzählt von sich und seinem Leben. Ich möchte wissen, was ihn beschäftigt, wie er sich fühlt, was rund läuft und was nicht in seinem Leben und will, dass er sich für meine Belange interessiert. Ist das so schwer zu verstehen? Während ich mit meinen Freundinnen 7x mal am Tag stundenlang sprechen kann und nichts dabei langweilig ist, schafft er nicht mal 30 Minuten spannenden Dialogs mit mir. Haben wir uns nichts zu sagen?

Mein Gott, sag, die Lösung lautet doch bitte nicht: Ein Mann ist ein Mann und keine Frau, also erwarte nicht von ihm, eine zu sein. Doch, so ist es. Hab nicht den Anspruch an ihn, dass er deine beste Freundin sein soll, sondern hab eine beste Freundin als Freundin (zum Quatschen und ähnlichem) und einen Mann als Mann an deiner Seite. Frauen brauchen schlichtweg Frauen und Männer Männer, um glücklich zu sein – und das andere Geschlecht nur ab und zu mal und nicht rund um die Uhr und für alles und jedes.

Was das bringen soll? Nun, wir könnten Auftanken beim gleichen Geschlecht, uns da das Verständnis, das Gleichgesinntsein holen, das super easy Alltagsmiteinander erleben. Und dann sind wir genährt und ausgeglichen genug für die Andersartigkeit des Paarseins, die Anziehungskraft des Fremdartigen, Unverständlichen des Partners. Wer das Kraftfeld der Geschlechtsgenossen als Oase zum Auftanken hat, wird auch nicht ständig erfolglos versuchen, den Partner zu verändern, ihn sich gleicher und seine Andersartigkeit „platt" zu machen, nein, wer sich bereits verstanden und genährt fühlt, kann ihn als verheißungsvolles Abenteuer „Mensch" stehen lassen. Auf diese Weise darf jeder einfach nur „sein", ganz einfach Frau, ganz einfach Mann.

Warten

Wenn wir Frauen Eines können, dann ist es, zu warten. Denn schließlich warten wir ja mehr als unser halbes Leben lang:

Zunächst warten wir darauf, dass wir endlich älter werden, um mehr zu dürfen, dann darauf, Frau zu werden, Brüste zu haben, die den ersten BH rechtfertigen; dann warten wir darauf, den ersten Sex zu haben, dann darauf, dass dieser endlich mal gut wird, und schließlich darauf, endlich zu verstehen, wie man als Frau einen echten und nicht nur einen vorgetäuschten Orgasmus haben kann.

Wir warten darauf, dass der Mann unserer Wünsche sich endlich von seiner Frau trennt und dann darauf, dass die Erkenntnis, dass dieser Fall nie eintreten wird, uns befähigt, ihn endlich zu verlassen. Dann warten wir darauf, den wirklichen Traummann zu treffen, der nicht nur Sex mit uns will, sondern ebenso als Partner wie als Vater unserer Kinder geeignet ist; dann darauf, dass er uns endlich „fragt", dann darauf, dass der endlos lang im Voraus vorbereitete Hochzeitstag da ist, dann auf die eintretende Schwangerschaft usw.

Meist vergeblich warten wir auf die uns zustehende Beförderung oder Gehaltserhöhung, darauf, dass wir auch ohne Diät unsere Figur halten können, dann darauf, dass der Ehemann abends nicht Tag für Tag später nach Hause kommt, dann darauf, dass er uns trotz dunkler Ringe, Kinderthemen und unseren Schwangerschaftsstreifen noch attraktiv findet, wir warten immer vergeblicher auf den (nur noch selten stattfindenden) Sex, auf das einmal nicht Vergessen des Hochzeitstages, das Beenden seiner Affäre, seine Rückkehr in den Schoß der Familie.

Tja und irgendwann dann dreht sich das Ganze und wir warten darauf, dass das vergebliche Warten ein Ende nimmt. Wir verlegen uns aufs Hoffen, beispielsweise darauf, dass wir nicht schon so alt aussehen, wie wir wirklich sind, dass endlich mal die Antifaltencreme erfunden wird, mit der man die Falten tatsächlich wegbekommt, darauf, dass wir auch ein Leben ohne Männer gut fänden, dass wir noch einmal jung sein und alles von vorne beginnen könnten, oder zumindest, dass wir uns noch einmal heftig verlieben und bei diesem Mann dann nicht auf alles warten müssten.

Warten zu können ist wahrlich eine Kunst – einerseits. Doch wäre es andererseits nicht auch eine Kunst, das Warten einfach lassen zu können und die Dinge im Moment so zu nehmen wie sie sind? Dann wären wir im Hier und Jetzt und sicherlich ein ganzes Stückchen mehr da, wo wir hingehören, bei uns selbst. Und wir könnten wählen, wann wir warten und wann wir es, um unseretwillen, einfach mal lassen. Und wenn die Männer dann davon ausgehen, wir würden immer noch auf sie warten, können sie warten, bis sie schwarz werden. Das wär' doch mal was. Warten wir es ab!

Wer nicht will, der hat schon?

Wie viele von uns Frauen stehen mit Anfang Mitte 30 als Single da, kinderlos, unverheiratet übrig geblieben auf dem Markt, dabei durchaus gut aussehend, nett und sympathisch – vielleicht ist genau das das Problem, dass sie ein wenig zu wenig durchschnittlich sind?

Warum nur bin ich immer die, die sie zwar von weitem als verdammt attraktiv empfinden, die ihnen als Partnerin aber zu klug, zu attraktiv, zu weitsichtig, zu erfolgreich oder zu lebensstark ist? Weil die Männer, die ich traf, nicht taugten oder weil ich erst einige meiner Fähigkeiten verlernen oder sollte ich besser sagen, verlieren muss? Oder weil der Mann, der zu mir passt, noch geboren werden muss? Oder aber, weil ich nach altersgleichen Partnern Ausschau gehalten habe und das (noch) nicht funktioniert? Weil erst ein Mann über 50, der bereits die erste Durchschnittsehe hinter sich hat, es zu schätzen weiß, wenn ihm eine Frau dann doch nicht nur unterlegen ist? Und sie erst in ihrer zweiten Lebenshälfte mal bereit sind, eine Beziehung wirklich auf Augenhöhe zu führen, weil sie inzwischen selbst nach Sinnerfüllung und einem Lebenskonzept mit Tiefgang suchen? Männer werden nicht älter, nur interessanter, heißt es. Ja, in diesem Sinne ist das wirklich so, die reiferen Männer sind's, die uns ungewöhnlicheren Frauen endlich zu schätzen und nicht nur zu fürchten wissen.

Aber es kann doch nicht Ziel der Evolution sein, dass die tollen Frauen erst mit über 40 ihre wahren Beziehungen finden, folglich jenseits der biologischen Uhr stehen und daher keine Kinder mehr kriegen und damit ihre Spezies ausstirbt? Und das alles nur, weil sie vorher mit den sich-nicht-trauenden-Männern eben keine Kinder zeugen wollten, um nicht als alleinerziehende Mutter von einem One-Night-Stand-Mann oder sonstigem Samenspender da zu stehen?

„Wer nicht will, der hat schon", ist jedenfalls für mich kein zutreffender Satz, denn ich habe definitiv noch nicht. Männer, die Ihr mit mir und ich mit euch wollen würde, wo seid Ihr?

Online-Dating

Wenn man nicht warten und darauf vertrauen will, dass einem der Traumpartner rein zufällig begegnet, man das Ganze zügig voranbringen möchte, so meldet sich der eine oder andere von uns in einem der zahlreichen Dating Portale an. Natürlich wäre es schöner, der Traummann würde einem einfach so begegnen, beim Bäcker um die Ecke oder wenn man zur Tür rausgeht. Doch wer will schon, um dem Schicksal auf die Sprünge zu helfen, 20 Mal am Tag zum Bäcker oder 50 Mal aus der Haustür herausgehen, nur damit der Traummann die Chance hat, in uns reinzulaufen und nicht rein zufällig eine andere umrennt?

Also, gesagt, getan. Ich habe mich bei einem Dating Portal angemeldet. Und schon ging es los mit dem Persönlichkeitstest und der Angabe, wen man sich wünscht. Wie alt, wie groß, Raucher ja / nein, Kinder ja / nein. Herrje, was man da nicht alles schon einschränken und wissen soll; was man bevorzugt an Haus oder Wohnung (Altbau, Neubau, Stadt-Land), Jahreszeit, Werten, Hobbies etc. Ist ja alles schön und gut und eine Vorauswahl an Männern, ist ja auch echt hilfreich, immerhin wurden mir tausende in meiner Region und gewünschten Altersgruppe angezeigt. Doch lieber wäre mir die Kategorie „Ticks und Macken ja / nein" gewesen oder „Choleriker ja / nein / egal" – denn genau den Typen bin ich später begegnet. Da wäre mir ein Raucher deutlich lieber gewesen als diese Rumbrüller.

Dann kamen die ersten Zuschriften. Man glaubt es nicht, was da so dabei war: Von „Ich will dich möglichst schnell. Willst du es auch? Dann melde dich!" über den einfallsreichen Text „Mir gefällt dein Profil. Schreib mir doch mal." oder einem kurzen „Huhu" bis hin zu einer einzigen Frage, wie zum Beispiel „Möchtest du mit mir in Urlaub fahren?" Die wenigsten Zuschriften bestanden aus einem wirklich interessanten Text und beinhalteten Informationen über den Absender; kaum einer nahm Bezug auf mein Profil. Hatte überhaupt jemand mein Profil gelesen? Oder schrieben Männer einfach jeder, die gerade neu auf der Plattform war?

Und die Fotos erst, die sie so reinstellen – mit Victoryzeichen in der Landschaft posend, im Fußballlook auf dem Platz (hey, Ihr wollt 'ne Frau damit anlocken – oder doch eher 'nen Kerl?) oder mit Schürze am Grill auf der Terrasse (offensichtlich gestellt, da der Grill nicht an war) oder im schlecht sitzenden Badehöschen auf einer billigen Gartenliege posierend (hey Babe, schau wie sinnlich ich bin – ähm, sein möchte). Was glaubt Ihr denn, wie Fotos dieser Art bei einer Frau ankommen? Wollt Ihr Männer wirklich das Pendant von uns sehen, d.h. ein Foto von uns am Herd stehend oder bei der Gartenarbeit? Wie auch immer, nachdem ich also 95% der Zuschriften weggeklickt hatte, blieben einige wenige übrig, deren Foto und Kurztext halbwegs ansprechend war, so dass ich ihnen zurückschrieb.

Dann die ersten Telefonate – verlegen ist gar kein Ausdruck, noch einmal wie 15 fühlen; man wusste gar nicht so genau, was man sagen sollte. Der eine war völlig aufgedreht und klopfte einen dummen Spruch nach dem anderen, um die Nervosität zu überwinden, der andere hakte völlig sachlich irgendwelche Infos ab. Die Telefonate waren stets sehr kurz, dienten zum einen der Verabredung (wann und wo), zum anderen dazu auszuschließen, an irgendjemand völlig Nerviges geraten zu sein.

Dann die ersten Dates. Man traf sich am vereinbarten Ort und schaute sich suchend um, da man ja nicht sicher war, wie der andere nun genau aussehen würde. War das Foto echt oder kaschiert, seitdem Jahre vergangen und Kilos hinzugekommen? Unsicher ging man aufeinander zu, und ich kam mir vor wie auf dem Viehmarkt, gemustert von oben bis unten, taxiert und bewertet. Zumeist gab es den Kommentar „oh, so groß bist du, das hatte ich gar nicht erwartet" und ihr Blick ging unsicher auf meine Absatzhöhe (die nicht vorhanden war, denn ich hatte Sneakers an) – ja, hatten die denn das Profil bis zu diesem Treffen immer noch nicht gelesen? Dann kam mein Schock: Der Typ war nicht die angekündigten 186 groß, sondern 168 groß, aber vielleicht hatte er sich vertippt, so was passiert einem ja dauernd mal. Okay, er sah nicht so George Cluny-mäßig aus wie auf dem Bild, eher wie Bud Spencer, aber man hat ja auch nicht immer ein aktuelles Foto greifbar und überhaupt, vielleicht hat er ja einfach eine überragende Persönlichkeit, so dass das alles pillefit ist ... Auf der anderen Seite – wenn man bereits hier nicht ehrlich und korrekt agiert, ab wann denn bitte dann?

Dann ging man ein paar Schritte gemeinsam oder setzte sich ins Café und die Unterhaltung ging mehr oder weniger holprig los. Und wenn ich ehrlich bin, wusste man bereits in diesen ersten Minuten, wie es weitergehen würde, doch traute man sich nicht, da bereits zu gehen – weil man sich ja irren könnte, er könnte sich ja vielleicht doch noch als Prinz entpuppen, man könnte was übersehen – nun ja und man kann sich ja auch mal zufrieden geben mit dem, was sich da bietet, wer weiß, ob sich überhaupt was Besseres findet? Also blieb man dabei, trank zwei Gläser Wein und hatte doch noch einen einigermaßen netten Abend.

Und dann kam die Zeit des Aufbruchs und es begannen die zähen Minuten des Verabschiedens – würde er fragen, ob man sich wiedersieht? Würde ich dies wollen oder wie käme ich drumherum? Dann fielen die entscheidenden Worte, beispielsweise „Wir hören uns!" Soll nämlich heißen, „wir hören uns nicht mehr" und ist der hilflose Versuch, dem Gegenüber zu verstehen zu geben: „Eigentlich wissen wir ja beide, dass aus uns nichts wird. Aber nett warst du ja." Oder es kommt die Aussage „Ich meld' mich mal.", was sich übersetzen lässt mit: „Ich möchte mich nicht festlegen. Ich habe für ein halbes Jahr Online-Dating bezahlt. Logisch, dass ich da noch ein paar andere Eisen im Feuer habe und natürlich schaue, was so geht und möglich ist. Warten wir ab, wie es so läuft."

Und wenn all diese grässlichen Sätze nicht kommen, verabredet man sich beim Abschied vielleicht sogar für ein zweites Mal, denn man scheut ja auch, den ganzen Auswahl-Prozess wieder von vorne zu starten, will lieber nochmals antesten, ob sich der nun entstandene erste Kontakt nicht doch noch als fortsetzungswürdig entpuppt. Und im besten Fall entwickelt sich dann dabei ein zartes Gefühl des

Verliebtseins – oder der rationale Wunsch, eine Beziehung einzugehen, denn dafür macht man das Ganze ja gerade.

Dann die ersten Beziehungsversuche und die ersten Enttäuschungen: der eine, der gleich bei einem einziehen und heiraten will; der andere, der sofort ein Kind zeugen und mit einem auswandern will; der Dritte, der zwar beschließt, dass man ein Paar ist, sich aber nahezu nie sieht, weil telefonieren zum Paarsein doch auch reicht und der Vierte, der von Monogamie nichts hält – dann hatte ich einfach die Nase voll.

Fakt ist, sich im Dating-Portal anzumelden, ist anstrengend und zeitraubend: jeden Tag nachschauen, was wieder an Zuschriften da ist, aussortieren, antworten, selber vielleicht Kontakte initiieren – denn wer tagelang nicht online ist, wird nicht mehr gesehen – eh man sich versieht, rutscht man hinein in den Marathon, dann noch die daraus folgenden Telefonate und Datings. Es ist entweder einfach stressig oder aber man liebt die Jagd, den Kick der unendlichen Möglichkeiten. Nicht zu vergessen, dass man sich ja nicht zu früh festlegen, sondern die anderen Kandidaten warmhalten möchte, damit die beste Auswahl am Ende noch parat steht.

All dies passt zu unserer Zeit, effizient, technologiebasiert, unverbindlich; doch es fühlt sich einfach nicht gut an, künstlich und zu wenig nach Schicksal und Romantik. Angesichts dessen nehme ich, glaube ich, doch lieber die Bäcker- und Haustür-Variante, die erscheint inzwischen gar nicht mal so abwegig.

Sch.... Internet

Ich weiß, dass ich nicht die einzige bin, der er sich widmet. Vielleicht die einzige, mit der er sich trifft, aber ganz sicher nicht die einzige, der er „nachjagt". Woher ich das weiß? Eine Frau weiß so etwas. Ich spüre es. Ich fühle, dass er sich noch nicht für mich entschieden hat, zumindest nicht ganz. Ich weiß, dass auch ihm im Grunde klar ist, dass wir genial zueinander passen, dass er eigentlich nicht weiter zu suchen braucht. Doch was wäre ein Mann, wenn er nicht jagen ginge? Männer schauen Frauen nun mal hinterher. Kaum ein Paar High Heels, wackelnde Hüften oder ein wobender Busen, der nicht von zig Männerblicken verfolgt wird. Sie können diesen Eyecatchern einfach nicht widerstehen. Und was macht ein Mann, der diesen zahlreichen Reizen nicht ausgesetzt ist, weil er sich zum Beispiel zu ungünstigen Zeiten durch die Großstadt bewegen muss oder der berufsbedingt ausschließlich von Exemplaren der eigenen Gattung oder grauen Mäuschen umgeben ist? Nun, er surft im Netz, er trägt sich in irgendwelche Partnerschaftsforen ein, er schaut, was es an Alternativen gibt, denen er sich unverbindlich und damit vermeintlich gefahrlos widmen kann, sie anschreiben, mit ihnen flirten, mögliche Grenzen testen, ihnen vorgeben, wie toll er ist und sich anhimmeln lassen – doch ahnt er nicht, dass er virtuell genauso mit dem Feuer spielt wie im wahren Leben.

Zum Einen, es ist altbekannt: wer sich der Gefahr aussetzt, kommt darin irgendwann um, ob virtuell oder nicht. Denn irgendwann ist auch im Netz eine dabei, bei der er nicht widerstehen kann, mit der er telefoniert, die er treffen wird. Verführungskraft ist immer nur eine Frage der Balance zwischen hemmenden und fördernden Faktoren. Warum also holt sich ein Mann freiwillig täglich neue fördernde per Internet herbei? Weil der Kick eines potenziellen Abenteuers nicht fehlen darf, *man* aber auch zugleich nicht die Sicherheit und Bequemlichkeit einer festen Beziehung missen will? Weil *man* sich so sicher fühlt, dass es – online / virtuell – keiner mitbekommt? Was für eine Scheinheiligkeit.

Zum Zweiten, ja, glaubt ihr Männer denn, dass die Frau an eurer Seite dies nicht vollends spüren kann? Wir Frauen sind mit Intuition gesegnet. Nur weil wir es euch nicht gleich wissen lassen, euch nicht damit konfrontieren, heißt es doch nicht, dass wir nicht um das wissen, was ihr so macht und fühlt. Doch überspannt den Bogen nicht, denn irgendwann wird es uns zu bunt, haben wir lang genug vergeblich darauf gewartet, dass Ihr euch mit aller Konsequenz für uns entscheidet. Und dann, aus eurer Sicht vollkommen unvermittelt („Aber Schatzilein, was ist denn nur los? Es war doch alles gut bislang"), aus unserer Sicht jedoch längst überfällig („schon wieder ist er online, dieser Sch... Kerl"), ist es dann vorbei und das dann endgültig.

Und damit sind wir beim dritten Punkt: Die so lala-Entschiedenen oder gänzlich Unentschiedenen nehmen sich so viel Schönes, denn nur, wer sich für etwas entschieden hat, kann darin auch echte Glücksgefühle erleben. Einige Dating Portale sprechen sogar eine Warnung aus – die meisten der dort entstandenen Beziehungen scheitern, weil einer der beiden das Chat nicht endgültig verlassen hat, sondern noch immer dem einen oder anderen Kontakt hinterherjagt.

Was also ist das Problem, sich nicht ganz entscheiden und auf eine einzige Frau festlegen zu können?

a) Manchmal einfach Dummheit und Unwissenheit: man hält an Gewohnheiten fest, hört nicht auf, sich und seinen Job an Nummer eins zu stellen und der andere kommt erst kilometerweitentfernt an die Reihe. Der Beziehung wird keine wirkliche Rolle und Bedeutung im Leben zugewiesen. Weder für uns noch für den anderen ist somit spürbar, wie wichtig er ist. Ohne es zu merken, verkümmert da die Beziehung bzw. bekommt erst gar keinen Grund und Boden, um gedeihen zu können.

b) Man denkt, man verpasst etwas? Man weiß nicht, wann das richtige, das wahre, das ausreichende Gefühl da ist, das man so gerne als Signal dafür hätte, dass man die richtige Entscheidung trifft.

c) Schließlich gehen viele auch nur halbherzig in eine Beziehung, da sie sie als Problemlöseprozess ansehen, den es abzuarbeiten gilt, wenn man nicht allein bleiben will. Und wenn man dieser Sichtweise unterliegt, ist es durchaus verständlich, dass Mann zwischendurch dringend ein paar Verlockungen und Versüßungen zur Entschädigung braucht. Dumm nur, dass eine Beziehung erst durch diese verkorkste Sichtweise und ihre Folgen zum eigentlichen Problemhaufen wird.

Tja und was ist nun die Moral von der Geschicht'? Er treibt sich im Netz rum, während ich hier sitze und darüber rumphilosophiere. Was tue ich also nun mit all meinem Wissen? Konfrontier' ich ihn, verliert er sein Gesicht und ich ihn. Nagle ich ihn fest, treib ich ihn in die Ecke und verliere ihn ebenfalls. Warte ich kommentar- und klaglos weiter, treib' ich mich selbst in den Wahnsinn oder zumindest in die Unzufriedenheit und verlier' ein Stück von mir und meiner Selbstachtung.

Nun, all mein Wissen nützt mir nicht mehr, als dass ich weiß, dass ich nichts weiß. Und irgendwie erinnert mich die Situation an die meiner Urgroßmütter. Seit Generationen, ach, was sag ich, seit Milliarden von Jahren spielen Männer und Frauen dieses Spiel, heute nur etwas technologiebasierter als früher, und wissen nach wie vor nicht, miteinander umzugehen, umkreisen einander wie der Vogel seine Beute und hoffen darauf, dabei weder gänzlich zu verhungern noch vollends gefressen zu werden.

Der 3-Stunden-Mann – Beziehung light

Ich nenne ihn den 3-Stunden-Mann, denn länger haben wir uns am Stück noch nie gesehen. Ich weiß nicht, wieso, denn so etwas hatte ich vorher in einer Beziehung noch nie erlebt – aber er scheint eine innere Uhr zu haben, die ihm nach drei Stunden signalisiert, zu gehen. Und dabei spielte keine Rolle, ob wir uns im Café trafen, bei mir oder bei ihm, ob wir nur geredet (Café), wild rumgeknutscht oder auch „mehr" haben. Wenn einer nach einem bestimmten Rhythmus „raus" muss aus einer Situation, was darf frau sich dann denken? Flucht? Flucht! Was hast du nur, dass du so schnell denkst, es würde dir zu eng (obwohl du die Frau offensichtlich doch willst)? Und ich bin weiß Gott keine Frau, die einen Mann einengt, klammert oder übermäßig einen Mann sehen oder beanspruchen will. Das hätte man mir längst rückgemeldet, im Gegenteil, ich gelte aus gut gesicherter Quelle seiner Vorgänger als sehr autark und höchst freiheitgebende, angenehme Partnerin.

Was also ist es dann, das ihn abhält? Glaubt er wirklich, dass wenig sehen viel bringt? Dass ich ihn möglicherweise mehr vermissen, mich mehr nach ihm sehnen würde, wenn er sich rar hält? Meinen Männer plötzlich, sie müssten die Ratschläge unserer Großmütter, „willst du gelten, mach dich selten" umsetzen? Hey, falsch! Das Leben ist JETZT! Dass sich sehen einfach zu strecken auf 4 Dates in 5 Monaten ist echt crazy und bringt frau eher dazu, stets kurz vorm „genervt aufgeben" zu stehen, zumindest, wenn sie nicht gerade virtuelle Beziehungen favorisiert – hey, ist das vielleicht der Punkt?

Ist er eher auf eine virtuelle, eine Phantasiebeziehung aus? Nun ja, die würde natürlich einen Riesenbatzen an Angst und Unsicherheit wegnehmen, man könnte sich den anderen erträumen, wie er nicht ist und ginge sämtlichen Reibereien aus dem Weg, bekäme nur die Schokoladenseite ab – na wunderbar. Man sieht sich nur so häufig, wie es es braucht, um nicht ganz voneinander zu lassen und die eigene Phantasie- und Erinnerungswelt wieder aufzuladen. Doch ich will eine Alltagsbeziehung, einen Mann, der da ist, mit Ecken und Kanten, mit allem Drum und Dran, gemeinsam einschlafen und aufwachen, das Leben teilen. Ich möchte ihn sehen, fühlen, schmecken, riechen, erleben, hautnah und unvermittelt.

Oder hat er vielleicht einfach nur heftig schlechte Erfahrungen mit meinen Vorgängerinnen gemacht? Manchmal könnte ich eine Wut kriegen auf Vorgängerbeziehungen. Was tun Beziehungen echt tollen Menschen an, dass man so bitter enttäuscht und derart verletzt werden kann, dass man sich schier nie wieder bei jemand anderem traut? Dass man vor lauter Vorsicht und Schutzschild niemanden wirklich mehr an sich heranlässt?

Oder kann es sein, dass in unserem Zusammenspiel so viel Intensität und Erleben ist, dass er befürchtet, darin unterzugehen, dass er sich nach 3 Stunden Sehen erst einmal sortieren und ordnen muss und daher die Flucht ergreift? Dass er in der Abstinenz dann merkt, was ihm fehlt, was er vermisst und daraus erst schließen kann auf seine

Gefühle für mich? Gut, Beziehung ist ein ewiges sich annähern und zurückziehen, aber zunächst muss doch erst einmal Begegnung stattfinden, damit sich eine Basis etabliert, dann kann auch bei mehr Distanz, weniger Sehen eine stabile Beziehung bestehen bleiben, aber andersrum, sich in der Distanz eine aufbauen? Die kann doch gar nicht real sein, oder?

Beziehung light als neuer Favorit? In unserem Zeitalter der Schnelllebigkeit ist dies vielleicht der neue Trend – schnell mal Beziehung tanken und das vermeintlich nachhaltig, d.h. kurz sehen, lange Nachwirkungszeit verstreichen lassen, dann wieder im Dreistunden-Zeitraffer sehen. Ich glaub', ich werde alt, ich komm da einfach nicht mehr mit.

Vom Wollen und vom Können

Und so lauf' ich schon wieder rum wie Falschgeld und frage mich zum xten Male: Hey, willst du mich, aber kannst dich nur nicht klar auf uns einlassen oder könntest du durchaus, sagst aber nicht offen, dass du es nicht willst?

Vielleicht willst du nicht, weil ich für dich nicht die bin, die du für die Richtige hältst, die du wählen willst. Vielleicht weißt du auch nicht, woran du ablesen solltest, wer überhaupt die Richtige sein könnte und so zögerst du, bis sich „mehr Fakten und Entscheidungshilfen" angesammelt haben. Oder aber du würdest ja wollen, kannst aber nicht, da die Angst vor erneutem Nicht-Gelingen zu groß erscheint. Vielleicht, kannst du dir zwar durchaus ein Wir mit mir vorstellen, magst dich aber nicht festlegen, weil sich dies zu gefährlich anfühlt (nur noch auf eine einzulassen, lässt die gefühlte Gefahr des Enttäuschtwerdens und Abstürzens zu groß werden). Oder aber, du würdest wollen, weißt aber nicht, in welcher kleinen Nische deines allzu vollen Alltags du mich noch unterbringen könntest, weil in deinem Leben eigentlich kein Platz mehr für jemand anderen ist.

Wie auch immer, ich spüre, wie du mich auf Entfernung hältst und dummerweise bleibt dies nicht ohne Folgen für mich und meine Gefühlswelt: Zum einen fühle ich mich damit zu einer Affäre degradiert. Zum anderen würde ich mich so gern voll und ganz auf dich einlassen, fühle mich aber immer wieder „abgekoppelt". Sobald ich voller Gefühle, Optimismus und Vertrauen auf dich zugehe, begegnet mir deine Vorsicht, dein sich Zurückziehen und das

Abwehren. Das wiederum bremst mich, scheucht meine Gefühle ein Stück zurück und bringt auch häppchenweise Enttäuschung mit sich. Ich weiß nicht, was es mit meinen Gefühlen macht, wie lange ich warten kann und soll, ob sich all das ändern wird oder nicht und falls es sich ändern wird, wann – in Wochen, Monaten, Jahren?

Und so stehe ich hilflos und ohnmächtig vor dir. Ich weiß nicht, wie mich zu verhalten, wie zu handeln, würde dir so gern etwas abnehmen von deiner Last. Doch kann niemand außer dir selbst hier handeln, entscheiden und die Dinge ins Rollen bringen.

Ich würde dich so gerne lieben dürfen – doch lässt du mich?

Nähren statt entbehren

Ich habe noch nie Freude am Fasten gehabt, halte auch nicht viel davon, schon gar nicht, wenn es „fremdverordnet" ist. Doch du hältst mich auf Diät, unfreiwillig und vermutlich auch unwissend. Aber wenn ich noch länger hungere und nach deinem Gutdünken unterversorgt bleibe, dann werde ich krank. Weißt du das? Ahnst du das? Willst du das?

Seit Wochen lässt du mich nun schon hungern, lässt mich dürsten – nach mehr Kontakt mit dir, nach einem liebevollen Wort, einem Kompliment, nach einem Zeichen deiner Gefühle für mich. Du selbst aber willst mich spüren, willst überschüttet werden mit meiner Zuwendung, tankst sie, labst dich an ihr – doch was ist mit mir? Soll allein, dass du meine Zuwendung annimmst und zulässt, bereits ausreichend Versorgung für mich sein?

Was hält dich zurück, mir zu sagen, was ich für dich bin? Oder hältst du es lediglich für überflüssig? Oder tust du dich schwer, die Worte auszusprechen (die Worte finden wirst du allemal, schließlich bist du ja ein begnadeter Rhetoriker)? Oder erschrickst du vor dir selbst, wenn du zugibst, was du fühlst bzw. hörst, was du sagen würdest?

Ach herrje, ich will ja keine Inflation an Emotionen, will ja nicht gleich überschwemmt werden, will ja nicht das Gegenteil einer Diät, sondern einfach ganz normale Hausmannskost: liebevolle Worte zwischendrin, einen regelmäßigen Kontakt, der nicht einfach mal tagelang ausgesessen wird, einen Hauch von Romantik, ein bisschen Verliebtheit, ein bisschen Sehnsucht.

Was es bewirken würde? Dass ich nicht im Unklaren wäre bezüglich deiner Gefühle für mich, dass meine Seele Nahrung bekäme, dass ich aufblühen könnte neben dir. Und dass du selbst mehr geben würdest, dass du uns mehr bejahen würdest, dass du dich selbst mehr fühlen könntest in unserer Beziehung. Dass wir uns gegenseitig anstecken würden, dass unsere Verliebtheit uns strahlen ließe, dass unsere Liebe wachsen könnte. Kurzum: dass unsere Beziehung uns beide nähren würde.

Das Vakuum

Sag, habe ich eigentlich einen Wert für dich? Oder bin ich nur praktisch bzw. komme gelegen, weil grad keine andere da ist? Bin ich dir wirklich wichtig? Habe ich eine Bedeutung in deinem Leben? Ist das überhaupt etwas, was du hinterfragst? Was du sagen kannst? Irgendwie ist da ein Vakuum zwischen uns – ich weiß nicht, wie du zu mir, zu uns stehst. Es würde mir so helfen, wenn du mich deine Wertschätzung spüren lassen, sie aussprechen, zeigen würdest, was ich dir bedeute, was du an mir magst, was du an mir schätzt.

Oder hast du die Befürchtung, dass ich mir deiner zu sicher werde, wenn du mir Positives sagst? (Überschätz mich nicht, ich bin mir nämlich derzeit sehr unsicher und kein bisschen darüber im Klaren, wie du zu mir stehst.) Oder denkst du, dass ich noch mehr Nähe zu dir suche, wenn du auch nur ein bisschen mehr aufmachen, mehr Gefühl zeigen würdest? Oder dass wir in eine zu arge Gefühlsduselei geraten und die Kontrolle über die Dosierung verlieren?

Oder geht es gar nicht um mich, sondern viel mehr um dich? Erlaubst du dir vielleicht selbst nicht, dass ich für dein Leben bedeutsam werde, dass ich dir emotional nahekomme, dass du dich mir zugehörig fühlen könntest? Damit würdest du nicht nur uns, sondern auch dir selbst so Vieles nehmen.

Jeder Mensch braucht die Erfahrung, im Leben eines anderen eine entscheidende Rolle zu spielen. Dies gibt uns Bedeutung, Identität, Glücksgefühl. Und es verleiht ungeheure Kräfte. Man kann Berge versetzen, wenn man aus Liebe und aus Zugehörigkeitsgefühl heraus handelt. Doch diese Bedeutung muss man zugewiesen bekommen, muss man spüren können. Das wiederum tut auch der Beziehung gut: Derjenige an unserer Seite ist viel weniger anstrengend für uns, viel sicherer, glücklicher und in sich ruhend, wenn er weiß, wofür er bei uns steht, dass er von uns gewollt und ausgewählt ist, dass er nicht selbstverständlich für uns ist (und schon gar nicht unwesentlich oder irrelevant).

Es ist nicht schwer, auf diese Weise eine Beziehung zu stärken, man muss es nur tun.

Über das Gefallen wollen

Wenn ich auf einer Veranstaltung bin, sehe ich sie immer, wie sie da stehen, in ihren kleinem Schwarzen oder sonstigen Outfits, von denen sie annehmen, dass sie Männern gefallen würden, dass sie vermeintlich vorteilhaft darin aussähen, dass Mann anbeißen würde. Zurechtgemacht und mit sorgfältiger Schminke das eine kaschiert, das andere, was weiblich, was verführerisch sein soll, nachgezogen und betont. Und wie sie dann dastehen, betont lässig, bemüht, nicht zu aufreizend zu wirken, aber dennoch ihre besten Teile zur Geltung zu bringen, auf einem High Heel stehend, die Hüfte gekippt, den Po einen Tick zu weit herausgestreckt, die Schulter-Brust-Partie kokett hochgezogen, den Kopf schräg gelegt. Sie lachen über jede kleinste Bemerkung des gegenüberstehenden Herrn, strahlen ihn an, damit er sich endlich so fühlen möge, dass sie ihm gefalle.

Doch nicht viel besser die Herren der Schöpfung: Sie versuchen, interessant zu wirken, sich ebenso lässig zu geben, die Damen nicht zu auffällig mit den Blicken zu taxieren und sind ständig am Rätseln, welchen Verführungsweg sie nun einschlagen sollen. Welcher mag bei ihr da vorne am erfolgversprechendsten sein? Der intellektuelle? Der zielstrebige? Der erotische? Der charmant-galante? Der verhaltene? Der cool-desinteressierte? Den Macho, den Macher oder den Schüchternen geben? Und währenddessen bloß nicht die anderen Frauen im Raum übersehen, könnte einem sonst ja noch was Besseres entgehen. Und sollte wider Erwarten die vor einem stehende desinteressiert sein, braucht man noch 'ne alternative Kandidatin in der Hinterhand.

Mein Gott, zwei Seiten einer Medaille, alle versuchen doch das Gleiche: Sie wollen gefallen. Der Mensch ist so einfach gestrickt! Wir machen nur ein Riesengedöns drumherum, spielen ein Spiel, bei dem die Spieler austauschbar werden. Den da wollen alle? Dann versuch ich's bei dem auch. Ungeachtet dessen, ob derjenige passen würde, einem guttäte, eine wohltuende Beziehung daraus erwachsen könnte; wir wollen ihn einfahren wie einen Gewinn. Warum tun wir uns das an? Es liegt doch in der Natur der Sache, dass wir bei einem solchen Vorgehen nicht das gewinnen, was wir eigentlich bräuchten, sondern nur eine schwache, oberflächliche Bedürfnisbefriedigung erhalten und daher immer weiter und intensiver nach weiterer Anerkennung jagen müssen.

Dabei wäre es doch so einfach: Wir müssten zum einen das „anderen gefallen wollen" abstellen. Dann wären wir nicht mehr ständig mit unserer Aufmerksamkeit im Außen (wer nimmt mich wahr, werde ich auch ja gesehen, wie muss ich mich geben?), sondern bei uns selbst und könnten uns der wirklich zentralen Frage widmen: Gefalle ich mir selbst? Mag ich mich selbst? Anerkennung und Bestätigung bekommt viel eher derjenige, der ausstrahlt, dass er sich selbst wertschätzen und lieben kann. Kurzum, wir müssten uns zum zweiten unsere Anerkennung einerseits ein Stück selbst geben. Und schließlich sollten wir uns zum Dritten mit wenigen, gut ausgewählten (nicht beliebig austauschbaren) Menschen umgeben, deren Anerkennung uns tatsächlich etwas bedeutet. Und dann könnten wir erfahren, was schon die klassischen Ratgeber sagen: Du bist ok, ich bin ok.

Du bist mein Glück!

„Jetzt hab' ich wieder Kopfschmerzen – deinetwegen. Weil du immer so anstrengend, zickig, nervig, fordernd, unleidig, anspruchsvoll bist. Dabei habe ich dich doch geheiratet, um glücklich zu sein. Habe doch das Glück mit dem Ehevertrag gepachtet. Daher bist du auch dafür verantwortlich, wenn ich unglücklich bin. Wenn ich Herzrasen oder Magenschmerzen habe, dann nur, weil du dieses oder jenes getan oder gelassen hast … ." Ach ja? D.h., wenn ich nicht wäre, mein Lieber, ginge es dir gut? So ein Bull-shit! Aber wie viele denken das? Sie haben diese oder jene Frau gewählt, weil …

Und was machen wir Frauen? Wir ziehen uns zunächst mal jahrelang den Schuh an, versuchen, uns ein Bein auszureißen, um es dem anderen recht zu machen, bis wir endlich aufwachen und erkennen – der andere ist für sein Glück selbst verantwortlich, genau wie wir für unser eigenes auch! Wir können unsererseits einen anderen nicht glücklich machen, das ist unmöglich. Denn Glück ist ein Nebenprodukt unseres eigenen Handelns auf unserem eigenen Weg und kein Hindernisrennen oder eine „Hindernisse auf dem Weg des anderen Beseitigungs-Tour". Was wir realistischer und erfolgreicher Weise können, ist, dafür zu sorgen, selbst glücklich zu sein und damit dem anderen ein glücklicher Partner zu sein. Das allein ist bereits so viel wert – denn wer von uns hatte schon mal das Glück, einen rundum glücklichen Partner an seiner Seite zu wissen? Das will man nicht mehr missen.

Wer sich hingegen kreuzunglücklich ein Bein für den anderen und dessen Glück ausreißt, erhöht die Wahrscheinlichkeit, dass der Partner glücklich ist, trotz all dieser Mühe nicht. Wer jedoch in sich glücklich ist, hat gute Chancen, den anderen damit anzustecken und im positiven Sinne den Ausruf zu erhalten „Du, mit dir hab ich so ein Glück"!

Der Traum von der großen Liebe

Wer von uns träumt nicht von ihr – der großen Liebe? Und wer unter uns hat nicht schon mindestens einmal gedacht, er habe sie gefunden? Und was war? Am Ende hat es ein paar Wochen, wenn man Glück hat, ein paar Jahre gehalten. Und dennoch: Die meisten Menschen sehnen sich nach ihr, der einzig wahren, großen, alles umfassenden und ewig anhaltenden, einen Liebe. Doch gibt es sie?

Niemand kann erwarten, dass er mit 18 bereits erkennt, wenn ihm die große Liebe begegnet, geschweige denn, dass er dann bereit wäre, sie auch zu halten und nicht erst noch „mehr", sprich, ein paar andere Beziehungen vorab erleben möchte. Oder aber gibt es mehrere große Lieben – eine Jugendliebe, eine, die zur Phase des Kinderkriegens gehört und eine, die in Post-Kinder-Zeit fällt, sozusagen die reifere Liebe?

Vielleicht sind wir auch einfach zu abgelenkt, zu wenig offen, zu fixiert auf ein bestimmtes „Frauen-/Männerbild", als dass wir im Anderen unsere große Liebe entdecken könnten? Und irgendwann befinden wir uns in mittelprächtigen Beziehungen, aufgrund derer uns die wirklich zu uns passende Liebe gar nicht mehr begegnen kann.

Doch ist nicht nur die Frage, ob wir sie wirklich erkennen würden, wenn sie vor uns stünde, sondern auch, ob wir in der Lage wären, sie zu erhalten, wenn wir mitten drin wären und ob wir sie nicht ohnehin erst dann erkennen, wenn sie gegangen ist? Allzu häufig begreifen wir den Wert von etwas erst, wenn wir es verloren haben und es bereits zu spät ist.

Wie auch immer es sein mag: Ich glaube an die große Liebe(n). Und so hoffe ich inständig, dass mein Blick offen, mein Herz weit, meine Geduld groß, mein Mut ausreichend sowie mein Wille stark genug sein werden, um der Liebe zu begegnen, um sie zu kämpfen, wenn es erforderlich ist und ihr so viel Raum zu geben, dass sie unser beider Leben erfüllen kann.

Sich zu verlieben, ist nicht schwer

Wenn ich zurückblicke auf meine bisherigen Beziehungsversuche, dann gab es drei unterschiedliche Ebenen, auf
denen ich mich verliebt habe: in den Körper, in das Wesen,
in die Seele des Anderen. Doch leider noch nie auf allen drei
Ebenen gleichzeitig.

Zum einen gab es diesen Fall: Ich sah ihn, nahm seinen
Geruch wahr, beobachtete die Bewegungen seiner Lippen,
seiner Hände – und dachte nur, herrje, wenn diese mich berühren, die Leidenschaft seiner Lippen mich packt, ich in
seinem Geruch versinke, dann Gnade mir Gott, dann will ich
jede seiner Zellen liebkosen, dahinschmelzen, mich vergessen. Dieser animalischen, triebgesteuerten Anziehung
folgte stets ein sehr erfülltes Sexleben, unvergleichbar zu
allem anderen.

Da jedoch der Alltag nicht nur aus Sex besteht, hofft
man, dass man nicht an einen gar zu strohdoofen Sexgott
geraten ist, sondern mit ihm auch reden und ihn noch dazu
menschlich schätzen kann. Doch meist ist nach einiger Zeit
diese unglaubliche körperliche Anziehung auf alle erdenkli-
che Arten durchlebt und man geht in friedlicher Übereinstimmung auseinander – auf der Suche nach dem, was
nachhaltiger ist.

Weitaus häufiger war es so, dass ich mich in jemanden
verliebte, bei dem mich faszinierte, wie er mit anderen Menschen umging, dessen Begeisterungsfähigkeit, optimisti-
sche und humorvolle Art das Leben zu betrachten, Energie,
geistige Wendigkeit, Schlagfertigkeit und Intelligenz mich in

Bann zogen – ja, insbesondere Intelligenz ist für mich stets auf's Neue so was von erotisch! Und ich erlag all diesen wunderbaren Eigenschaften, achtete sie, liebte ihre ansteckende Wirkung auf mich und andere, die Atmosphäre und Dynamik, die sie erzeugten.

Doch beinhalteten all diese Eigenschaften noch nicht, dass wir miteinander auch ansonsten klar kamen, dass sich eine körperliche Zuneigung und ein tiefes Miteinander einstellten. Im Gegenteil, war jemand sehr verkopft, konnte dies extrem hinderlich für jegliche Sinnlichkeit sein und es blieb bei zwar wohltuenden intellektuellen Höhenflügen und Inspirationen, aber eben auch nur bei diesen und rein geistigen Ergüssen.

Wenn auch selten, so gab es dennoch eine dritte Ebene des Verliebens: Ich traf jemanden – und erkannte seine Seele. Durch den darauf lastenden Schutt sah ich den rohen Diamanten, der darunter verborgen lag, spürte die Schwächen, Sehnsüchte, Ängste, Verwundungen und liebte dieses unvergleichbare Seelchen, das so geschickt verborgen war. Die Tiefe, die sich hier abzeichnete, ermöglichte ein unsagbares Verstandensein, ein miteinander schwingen können. Eine unglaubliche Gefühlswelle für den anderen wurde in mir freigesetzt – ich hätte Berge versetzt, nur, um mit diesem Menschen ins Schwingen zu kommen und darin zu bleiben.

Doch nur, weil ich dies so wollte und zu geben bereit war, hieß das noch lange nicht, dass es auch tatsächlich gelang. Denn im anderen Potenzial zu sehen, kann auch richtig an der Realität vorbei gehen – da Potenzial eben nur

Potenzial ist und noch lange nicht im Alltag zum Tragen kommt. Und so wartet man vergeblich auf den Tag, an dem das Potenzial gelebte Realität wird.

Ach, ich wünsche mir so sehr folgenden Dreiklang: Seine Eigenschaften ziehen mich in Bann und ich verliebe mich, begehre zunehmend ihn und seine Aura, entdecke dann sukzessive sein innerstes Wesen und beginne, seine Seele zu lieben. Ich weiß, nur, weil ich jemanden lieben kann, wird es dennoch nicht leicht sein. Aber wenn endlich mal alle drei Ebenen zusammenkämen, wäre es sicherlich erheblich leichter, als wenn immer nur ein oder zwei davon die Basis sind. Sich zu verlieben ist nicht schwer, es zu bleiben und daraus Liebe wachsen zu lassen, aber umso mehr!

Erotik, Sex, Gefühle:

Was Lust und Leiden schafft

Versuch's mal mit der Wirklichkeit

Eigentlich wissen wir es immer im ersten Moment, denn eigentlich ist es von Anfang klar, wir müssten es nur bewusster wahrnehmen, hinfühlen, es anschauen – doch leider setzen so schnell unsere Gefühle, unsere Träume, unsere Wunschvorstellungen ein, dass wir binnen kürzester Zeit schon geblendet sind, uns in was hineinträumen, alles verklärt und rosarot sehen. Wir treffen ihn, denken uns vielleicht „na, ob der mir so gut tut, ist ja nicht grad der romantische Typ und wirkt nicht so bindungsfähig, eher etwas arg autark", doch gleichzeitig ist er so spannend, gut aussehend, intelligent und charmant, dass frau sich denkt „ach, die paar schwierigen Seiten machen ihn doch nur interessanter, selbst mit den paar Ecken ist er immer noch der tollste Mann, der mir derzeit begegnet ist und noch dazu ein ganz besonderer Mensch", den will man doch nicht wieder laufen lassen und schon ist sie dabei, sich zu verlieben und sich alles schön zu reden.

Im Schönreden und Verständnis haben sind wir wirklich Weltmeister. Selbst für die größten Klöpser, die er sich leistet, bringen wir noch Verständnis auf und liefern unseren empörten Freundinnen weitschweifende Erklärungen für sein Verhalten: „Das müsst Ihr doch verstehen – bei der schweren Kindheit, den schlechten Erfahrungen, seinem harten Job, der wenigen Zeit, die er hat ...".

Man könnte sich glatt fragen, ob wir eigentlich jemals wirklich realistisch sind, was einen Mann betrifft? Oder bewegen wir uns nicht vielmehr zwischen Bangen und Hoffen?

Wir können nämlich ganz wunderbar wegsehen, selektiv etwas überinterpretieren, uns einreden, dass alles anders wäre als das Traurige, das sich tatsächlich gerade bei uns abspielt. Fakt ist, es ist, wie es ist, er ist, wie er ist und er handelt, wie er handelt – selbstredlich könnte er anders handeln, wenn er nur wollte und möglicherweise täten es vermutlich auch zig andere in seiner Situation. Nur eben er tut es nicht, auch wenn wir es verbrämen wollen.

Warum also verwenden wir so viel Energie darauf, betreiben einen solchen Heidenaufwand, ihn in dieser Klarheit und schonungslosen Härte nicht sehen zu müssen? Damit wir einen möglichen Schmerz unter der Oberfläche halten und nicht spüren müssen? Was würde denn passieren, wenn wir wirklich hinsähen? Wir müssten erkennen, dass er uns tatsächlich so schlecht behandelt, wie er es tut und dementsprechend ableiten, wie allein gelassen, wie betrogen, wie dämlich wir sind. Ja, wenn's der Wahrheitsfindung dient, wenn's uns hilft, den richtigen dabei rauszufiltern, wär's den Schmerz der Erkenntnis doch wert, oder?

Stattdessen setzt jedoch meist ein weiterer Mechanismus ein. Wir sehen quasi schon vor unserem geistigen Auge, wie er sich ändert, sehen, wie kurz er vor der Veränderung steht, wie weit er sich bislang schon in die richtige Richtung anders verhalten hat, reden uns ein, dass er doch eigentlich sowieso ganz anders sei als das, was er bislang an Verhalten gezeigt hat, dass all sein Handeln doch nur den Umständen und nicht seinem Wesen geschuldet ist. Und wir lieben doch bekanntlich das Wesen und nicht das Äußere, also warten wir lieber ab. Je besser unser Kopfkino diesbezüglich ist, desto schlimmer sind wir in diesem Hirn-gespinst gefangen wie in einem Spinnennetz. Umso mehr sollten wir unsere Situation hinterfragen, denn wir wissen ja, was wir im Normalfall von einem Mann in einer Bezie-hung erwarten würden. Also sollten wir genau diesen Maß-stab anlegen und uns fragen: Im Normalfall müsste der Mann an unserer Seite uns nun beistehen oder dieses und jenes tun – und, tut er es? Ist dieses Verhalten die Realität? Und sobald wir dies nicht bejahen können, sollten die Alarmglocken schrillen.

Wider besseren Wissens scheuen wir uns jedoch, dies zu hinterfragen und ehrlich zu beantworten. Warum nur? Tja, weil wir die Konsequenz ziehen müssten aus dem, was wir dann sehen, doch das fürchten wir. Gefällt er mir noch so, wie ich ihn jetzt sehe? Ist er mit der geringeren Moral, Ehrlichkeit, Begabung, Leistung noch attraktiv für mich? Will ich ihn so noch? Kann ich ihn vor meinen Freunden und meiner Familie noch rechtfertigen, wenn er nicht der Held ist, als den ich ihn bislang gesehen und ausgegeben habe?

Vielleicht müssten wir als Konsequenz auch Tacheles mit ihm reden, Grenzen setzen, ihn konfrontieren, oder im Extrem uns von ihm trennen, um uns von seinem Verhalten abzugrenzen. Kurzum: wir müssten uns selbst mehr Wert zuschreiben, unsere eigene Würde wichtiger nehmen als es bisher der Fall war. Schlimm? Eigentlich nicht, oder? Mög-licherweise wären wir dann zwar wieder allein, aber immer-hin wären wir wieder etwas mehr wert. Und im besten Fall käme es gar nicht so weit, sondern wir würden ihn nur vom Sockel holen, ihn endlich realistisch sehen und erkennen, dass er völlig in Ordnung ist, so wie er ist, nur eben nicht ganz der Superheld, der Überflieger, der Tugendreiche, den wir bislang aus ihm gemacht haben, sondern ein ganz normaler Mann.

Auch wenn es uns unangenehm, ungewohnt und unromantisch vorkommt, es hilft alles nichts – wenn wir wirklich vorankommen wollen in Sachen Partnerwahl und eine echte Chance auf Glück und gute Beziehungen haben möchten, müssen wir es mit der Realität, dem Hier und Jetzt aufnehmen. Daher, Mädels, beim nächsten Mann versucht's mal mit der Wirklichkeit!

Wenn das Thema „Mann" nicht wär'

Wie kann es sein, dass das Thema „Mann" einem derart den Tag versaut, ja, den Tag bestimmt? Gibt es auch nur einen Tag, an dem wir uns nicht mit dem Thema beschäftigen? An dem keine unserer Freundinnen gerade Liebeskummer, Verwirrtheit oder Begeisterungsausbrüche einem solchen zufolge hat? An dem wir nicht stundenlang über ein- und denselben Kerl reden, uns den Kopf zerbrechen, wieso er sich wie verhält, wie wir uns verhalten sollten und wie wir das hinbekämen?

Sind es nicht genau die Männer, derentwegen wir zig Kilos zunehmen, Pickel kriegen, schlaflose Nächte haben, zu nichts anderem mehr kommen im Leben, die besten anderen Beziehungschancen verpassen, genervt, verheult und unzufrieden sind? Die tollsten Karrierechancen schmeißen, zu früh oder zu spät, zu viele oder zu wenige bis gar keine Kinder kriegen, nicht das essen, wonach uns ist, nicht dorthin in Urlaub fahren, wo wir schon immer hinwollten, Fußball schauen, obwohl er uns nullkommanull interessiert, Formel-1-Geräusche ertragen, obwohl uns derweil nach Rosamunde Pilcher wäre und überhaupt nicht das Leben leben, das sinnvoll wäre?

Hey, Mädels, aufgewacht, Ihr habt nur das eine Leben – wollt Ihr es wirklich 24h am Tag nach dem ausrichten, was Ihr vermutet, was euer männlicher Held gerne hätte? Um ehrlich zu sein, das ist ein Trugschluss! Meint Ihr ernsthaft, Ihr verschafft euch damit Anerkennung und seid für den anderen auf diese Weise attraktiv? Nein! Ihr verschenkt eure besten Jahre, eure Lebensfreude! Und die wenigsten Männer finden eine Frau, die kein eigenes Innenleben hat, (über den ersten Sex hinausgehend) wirklich interessant!

Verfahrt nicht nach dem Motto „Der Mann ist Mittelpunkt.", sondern bleibt bei euch! Denn wer nicht sich selbst zum Zentrum seines Lebens macht, sondern den anderen, der ist nicht bei sich, sondern lebt das Leben des anderen, nicht sein eigenes. Das kann auf Dauer nicht gut gehen.

Natürlich macht es Spaß, ganze Nächte über „den Mann" zu quatschen und zu sinnieren, wieso, weshalb, warum und „was wäre wenn", doch es darf nicht zum Zentrum eures Lebens, zum allumfassenden Alltagsthema werden, euch vollständig ausfüllen, euch nicht runterziehen, euch nicht von eurem Kurs abbringen, euch nicht dazu bringen, mal wieder das Ruder an genau diese Gedanken abzugeben und den Blick für das eigene, selbstbestimmte Leben zu verlieren. Also, schön Kapitän auf dem eigenen Schiff bleiben.

Denn: Gibt es eine schönere Frau als jene, die in sich ruht, mit sich und der Welt zufrieden ist und entsprechend strahlen kann? Und die sich dann mit Stolz und Selbstwertgefühl ihrem Mann widmen kann, ohne sich dabei selbst zu verlieren?

Doch gelingt uns dies zumeist nur phasenweise, wenn überhaupt. Es scheint geradezu genetisch in uns verankert zu sein, dass wir uns, kaum, dass wir einen tollen Mann kennenlernen, von uns und unserer Mitte entfernen und ihn in den Mittelpunkt stellen: Seine Freunde, seine Termine, seine Wünsche, seine Launen und seine Bedürfnisse, wir lechzen geradezu danach, darauf zu fokussieren und sie zu erfüllen – und warum? Weil wir uns Zugehörigkeit verschaffen wollen, uns seine Liebe sichern wollen, weil wir ein Nest mit ihm wollen. Und so bewegen wir uns ständig in dem Vabanquespiel zwischen einem „wir" einerseits und einem „ich neben ihm" andererseits.

Hand auf's Herz – wenn das Thema „Mann" nicht wär', dann wär'n wir manchmal glücklicher!

Der Held in unserem Bett

Was sind schon 20 cm. Hat schon mal irgendeine von Euch nachgemessen? Oder schon mal Befürchtungen gehabt, dass er zu groß oder zu dick für sie sein könnte? Oder zu klein, so dass sie ihn gar nicht erst spüren könnte? Oder ward Ihr eh immer so verliebt, dass euch das alles egal war? Vor lauter Gefühl war er sowieso der Held im Bett und alles andere nicht so wichtig? Hauptsache, er konnte gut küssen? Wir Frauen!

Ist ja eigentlich echt ein Ding, dass die Männer aussehen können, wie sie wollen, Maße haben können wie die Natur – oder ihr Fastfood Konsum – sie ihnen verpasst und wir trotzdem auf sie stehen, sie trotzdem lieben, sie trotzdem nie mehr hergeben wollen und alles Mögliche in Kauf nehmen, während sie selbst zig Anforderungen an unsere Maße, unsere Sexpraktiken, Kochkünste, Outfits (Ausschnitte und High Heels) und vieles mehr stellen und das ganz offiziell und politisch korrekt. Und ebenso offiziell aus den gleichen Gründen wieder gehen: „weißte, sie ist einfach so dick geworden" oder „ich brauchte mal was Knackigeres in der Hand". Würden wir denn sagen, „Ach, weißte, mir waren die 8 cm einfach zu wenig, jetzt, nach 6 Jahren stelle ich fest, das geht so nicht mehr mit nur 8 cm."? Oder nach 20 Jahren Beziehung „Du, der ist nun so schrumpelig am Sack geworden, das tu ich mir einfach nicht an." und dann 'nen 20 Jahre Jüngeren deswegen angraben? Hallo?

Offensichtlich schauen ja Männer einfach nicht in den Spiegel, bevor sie solche Äußerungen tun und schließen stattdessen von dem, was sie bei uns sehen, auf sich selbst („sie ist so gutaussehend, mein Gott, muss ich ein toller Hecht sein") – während wir von unserem Gefühl geblendet in ihnen sehen, was wir sehen wollen („Ich liebe ihn so sehr, jedes Gramm, jedes Fältchen.").

Des Weiteren scheinen Männer in den unglaublichsten Situationen Bestätigung zu brauchen oder kennt ihr eine Frau, die schon mal nach dem Sex gefragt hat „Hey, wie war ich, war ich gut?". Klingt doch irgendwie nach einem Auftritt, nach einer sportlichen Wettbewerbssituation, bei der man danach sein Feedback holt. Und wie gut wir das bedienen können, wohlwissend, dass er wissen muss, dass er gut war, um nicht zu sagen, der Beste, dass er ein Held ist. Wobei wir bei letzterem noch nicht einmal lügen, denn unser Held ist er wirklich – nicht, weil er „so heldenhaft gut" ist oder sein muss, sondern weil wir ihn zu unserem persönlichen Helden machen, ihm tagtäglich die Hauptrolle in unserem ganz eigenen Liebesfilm spielen lassen.

Hey, Männer, warum könnt Ihr uns nicht einfach das Gleiche angedeihen lassen, anstatt uns ewig in der Castingposition verharren zu lassen?

Viagra für die Frau?

Flibanserin heißt sie, die Sexpille für die Frau. Sie ist pink, natürlich, was auch sonst; die Farbe hellblau bleibt schließlich ein Leben lang dem Mann vorbehalten. Aber das macht's auch einfach, dann wissen wir wenigstens, wenn wir zum Nachttischchen greifen, dass wir die blaue ihm, die rosafarbene uns einwerfen, da kommt keine Verwechslung auf. Wie praktisch.

Die Sexpille für die Frau soll Lust bei der Frau erzeugen, indem sie in den Stoffwechsel des Gehirns eingreift. Denn Männer hätten 26 Medikamente, um sexuelle Störungen zu behandeln, Frauen kein einziges – eine schwere Benachteiligung behauptet „Even The Score" (bedeutet übersetzt etwa: „Den Rückstand ausgleichen"), eine Organisation, die in den Medien die Zulassung der Sexpille für die Frau propagiert.

Sage mal, ticken die noch ganz sauber? Meinen die wirklich, wir würden uns nicht gleichberechtigt fühlen, weil wir bisher ohne Sexpille auskommen mussten – sehen die nicht, dass wir bislang sehr gut ohne ausgekommen sind, ohne dass wir dies als Verzicht erlebt haben? Abgesehen davon taugt das Schätzchen noch nicht einmal richtig: Zum einen war lediglich ein minimaler Effekt nachweisbar (hey, super auf einer Skala von 1,2 bis 6 zeigten sich Verbesserungen um 0,3 in der weiblichen Sexualfunktion, was auch immer wir uns darunter vorstellen dürfen), dafür aber umso mehr Nebenwirkungen; nicht zuletzt ist auch noch ein erheblicher Placebo-Effekt zu berücksichtigen. Wie darf ich mir den vorstellen? Nach dem Motto: "Ich habe was genommen, nun muss ich also mehr Lust verspüren. Huch, heute macht's aber Spaß?" Soll das etwa Gleichberechtigung sein? Gleichberechtigt aufgeputscht vielleicht.

Doch geht es wohl kaum um die Frage, was die Sexpille uns Frauen bringt (bringen tut sie in erster Linie nur der Pharmaindustrie etwas), sondern vielmehr um die Frage, was sie uns nimmt! Sie nimmt uns die Fähigkeit, auf uns selbst zu hören, hinzuspüren, wonach uns ist, was uns guttäte und was nicht. Stattdessen dominiert der reine Effizienzgedanke, es geht nun mal schneller ohne das ganze Vorspielgedöns, einfach Pille einwerfen und auf geht's. Und ehe wir es bemerken, macht sie uns noch mehr zum rein funktionierenden Wesen, das ungeachtet seiner Bedürfnisse auf Knopfdruck zu agieren hat.

Des Weiteren verlernen wir (Männlein wie Weiblein) zunehmend mehr, wie man sich als Paar stimuliert, wie man Atmosphäre schafft, wie man sich einstimmt auf sexuelle Begegnungen. Reichen denn unsere Phantasie, unser Einfühlungsvermögen, unsere Bereitschaft, uns auf den anderen einzulassen, nicht mehr aus? Sind wir bereits so verkümmert, dass wir, um die schönste Nebensache der Welt erleben zu können, ganz selbstverständlich auf Drogen angewiesen sind?

Was im ersten Moment wie eine einfache Lösung und Hilfestellung aussehen kann, hat mittelfristig tiefgreifende Folgen: Je mehr Pilleneinsatz, desto weniger erleben wir, wie es ist, authentisch und man selbst zu sein; ehrlich begehrt zu sein und ehrlich jemanden zu begehren und nicht nur aufgrund chemischer Stimulation, geil zu sein. Zu spüren, dass der eigene Körper jemanden begehrt, sich hingeben will, sich öffnet, ist ein wunderbares Gefühl und um nichts in der Welt sollten wir dies (unnötigerweise) durch Chemie übertünchen. Andernfalls werden wir immer weniger wir selbst und immer mehr so, wie ein anderer (und im vorliegenden Fall die Pharmaindustrie) uns haben will. Sagt, wollt Ihr das wirklich?

Berühr mich – aber nicht so!

Ein bisschen an den Brustwarzen rumspielen, meist zu heftig, dann eine Hand in ihren Schritt legen, prüfen, ob sie schon feucht ist und es damit endlich losgehen kann? Herrje! Meint Ihr Männer eigentlich ernsthaft, wir Frauen wollten das so? Wir sind doch keine Maschinen, die man an zwei Bedienungsknöpfen anschaltet. Nur, dass wir uns nicht falsch verstehen – natürlich mögen wir es, wenn Ihr unsere Brustwarzen anfasst, aber eben nicht als gezielte Eintrittskarte. Und ebenso ist es wunderbar, wenn Ihr unseren Körper weiter erkundet, nur eben nicht so grobmotorisch und ruppig. Wisst Ihr, wie empfindsam ein Frauenkörper ist? Wie viele Nuancen er wahrnehmen kann? Wie sehr er sich euch entgegenbäumen, euch empfangen würde, wie intensiv das gemeinsame Erleben sein könnte, wenn Ihr nicht so automatenhaft und anleitungsgemäß vorgehen würdet? Ein Beispiel:

Er träumt hiervon: Sie steht im Mantel vor mir, öffnet ihn ein wenig, und ich erkenne, dass sie nur Reizwäsche und ein paar Strapse zu den High Heels trägt. Ich trete zu ihr, sie lässt den Mantel zu Boden gleiten. Ich reiße ihr den Slip herunter und nehme sie im Stehen, hart und unerbittlich bis zum Höhepunkt. Sie wollte es nicht anders, und ich hab's ihr besorgt, bis ihr Hören und Sehen verging – und ich war gut. Dauer: drei Minuten.

Sie träumt hiervon: Deine Hände auf meiner Haut, deine Lippen auf meinen. Ein Schauer durchfährt mich. Du schaust mich an, nimmst jede kleine Reaktion an mir wahr, jedes Blinzeln, jedes Zucken, siehst die Erregung in meinen Augen, holst dir ein Ja aus meinem Blick, bevor du deine Erkundungsreise fortsetzt. Und gibst mir das Gefühl, schön und begehrenswert zu sein. Bis wir irgendwann in zärtlicher Wollust ineinander versunken liegen bleiben. Dauer: drei Stunden.

Wenn doch unsere Sexvorstellungen offensichtlich so weit auseinanderliegen, warum nur ziehen wir uns gegenseitig dann noch so an? Liegt es am Fremdartigen, dem unbekannten Wesen, dem unerforschten Körper? Wir Frauen wollen mit euch verschmelzen. Ja, natürlich, auch in Besitz genommen werden, das Objekt Eurer Begierde sein, aber eigentlich kommt's uns auf das Gefühl der Vereinigung, des zueinander Gehörens an. Ich weiß, bei euch nicht. Ich gebe zu, der Quickie ist auch toll, aber eben nur ab und an. Kaum, dass wir euch mal gesagt haben, dass wir diesen mögen, ist der von nun an Programm; denkt Ihr, dass wir es immer genau so wollen. Dabei ist doch alles stimmungsabhängig, situationsabhängig, beziehungsqualitätsabhängig. Hmmm, Ihr verdreht die Augen, das sind zu viele Determinanten, das überfordert euch? Dabei muss man doch gar nicht darüber nachdenken; gefühlsmäßig wären sie so einfach wahrzunehmen – nur als Roboter geht das natürlich nicht.

Angesichts unserer schier unvereinbaren Vorlieben kann man schon auf den Gedanken kommen, sich lieber mit dem eigenen Geschlecht einzulassen, die hätten dann wenigstens ähnliche Vorstellungen – hofft man/frau. Doch wär dem so? Oder liegt es vielmehr daran, dass wir Menschen uns einfach grundsätzlich schwer damit tun, uns auf andere einzulassen, uns ihnen zu öffnen, sie wahrzunehmen, uns von dem Wahrgenommenen treiben zu lassen? Dass wir stets von uns auf andere schließen? Unserer eigenen Erregung, unseren eigenen Begierden erliegen und sie über die des anderen stellen? Dabei ist doch das gemeinsame Erleben, die sich ansteckende Leidenschaft, das miteinander in eine ganz eigene Welt eintauchen, sich gegenseitig zum Höhepunkt treiben, das gemeinsame Phantasien entwickeln und ausleben, das Schöne, das Besondere, das Beglückende. Ok, auch das ist Frauensicht – Männer wollen vielleicht eher etwas Anderes.

Oder ist das alles zu pauschal, gibt es sie vielleicht doch, die anderen Männer, die zu diesem differenzierten Sex, diesem Spiel des Lockens und Hingebens fähig sind, nur hab' ich sie bisher nicht getroffen, sie übersehen oder sie wurden alle bereits weggeheiratet? Oder sind sie ebenso enttäuscht von den Frauen und daher inzwischen alle schwul geworden?

Ich habe jedenfalls den Glauben noch nicht verloren, dass es Männer gibt, die all dies verstehen, die auch diese Sehnsucht nach gemeinsamem (und nicht einseitigem) Erleben haben. Alles wird gut. Just stay in touch.

Sei mein Macho

Schon mal einem waschechten Araber in die Augen gesehen? Seine stolze Ausstrahlung, seine geschmeidigen und zugleich gebieterischen Bewegungen, sein Machoverhalten live erlebt? Unfassbar, wie mich all dies schier um den Verstand bringt. Wenn die Arabermänner einen so stolz und fast hochmütig ansehen, einem das Gefühl geben, „Baby, glaub mir, ich bin der Tollste und ich kann es dich spüren lassen, du wirst erbeben unter mir und mich anflehen, dass ich dir endlich das gebe, was du nicht mehr erwarten kannst", ja, dann könnte ich in der Tat erzittern.

Warum nur fühlen wir Frauen uns von einem Macho so angezogen, einem Mann, für den Frauen nur Bestätigung sind, insbesondere, wenn sie ihm im wahrsten Sinne des Wortes unterliegen? Nun, die Antwort ist denkbar einfach: Weil er in uns das Weibliche hervorlockt, wir stante pede ins Rollenklischee, in die Rolle des Vollweibs rutschen und endlich mal das ganze andere Rollengedöns und das „sich behaupten müssen" weglassen können. Da wir in seinen Augen ohnehin nur das begehrenswerte Weib sind, gelingt es auch uns selbst besser, das Frausein zu spüren. Noch dazu erscheint er uns über alle Maßen männlich – männlicher als seine Windeln wechselnden, mit uns in Jogginghose fernsehenden und den Haushalt mitmachenden Artgenossen. Klingt unfair? Ist aber so.

Immer wieder ertappen wir uns bei dem Gedanken, „wäre er doch nur ein bisschen mehr Macho und ich würde geradezu zur Sexbombe mutieren". Zum Glück denken wir dies jedoch nicht immer und ständig, sondern in erster Linie nur in erotischen Momenten und nicht generell im Alltagsgeschehen, in welchem wir uns eher mit einem wertschätzenden, gleichberechtigten Partner umgeben wollen.

Kurzum, so irrational es klingen mag, der Mann unseres Herzens möge bitteschön mal Macho, mal Schöngeist, mal stark, mal verletzlich, mal unerschütterlich, mal zärtlich, sensibel und empfindsam, mal durchsetzungsstark und karriereorientiert, mal empathisch und zurückhaltend, mal dominant und mal unterordnend sein. Wie bitte soll ein Mann sich bei all diesen Anforderungen zurechtfinden? Kein Wunder, dass gesellschaftlich heutzutage immer weniger Rollenprobleme der Frau und immer mehr Rollenprobleme des Mannes zutage treten.

Dabei wäre es doch so einfach: Lasst die Männer Männer sein und keine zweitklassigen Frauen, lasst uns Frauen Frauen sein und keine zweitklassigen Männer. Ist das ein Aufruf, back to the roots zu gehen? Ja, in gewisser Hinsicht schon, denn im archaischen Sinne im eigenen Geschlecht zu bleiben, beglückt sicherlich mehr, als zu versuchen, beide Geschlechter in sich zu vereinen. Wer beide Geschlechtsanteile selbst erfüllen will, wird sich in keinem mehr zuhause fühlen, geschweige denn den anderen Partner ergänzen können, sondern eher, wenn auch ungewollt, zu ihm und seiner Rolle in Konkurrenz treten. Doch ist nicht genau dieses einander Ergänzen eine der beglückenden Erfahrungen in einer Partnerschaft? Und würden wir uns nicht genau das nehmen, wenn keiner mehr seine eigene Geschlechtsrolle ausfüllen würde?

Der Wundermann

Ja, ich gebe zu, ich will im Bett den Macho, der mir mit tiefer Stimme sagt, „Babe, komm her", einen smarten dirty talk beherrscht und mir wunderbar unanständige Sachen zuraunt, während er mich rannimmt und mich völlig aus der Fassung bringt – und danach, sozusagen im nahtlosen Übergang, hätt' ich dann gern den zärtlichen und romantischen Liebhaber, der mir ins Ohr flüstert, wie sehr er mich liebt und was ich ihm bedeute. Anschließend geht jeder hoch zufrieden seinem super erfolgreichen (Berufs-)Alltag nach, natürlich gibt es keinerlei Rollenkonflikte, spätestens abends ist er dann wieder mein Macho und mein Romantiker. Ok, ich sehe ein, ich muss ihn mir backen, denn den gibt es nicht, der all dies vereint. Wobei das Selberbacken wirklich Vieles vereinfachen würde. Und ehrlich gesagt, ich nicht ganz verstehe, warum es diesen Mann nicht gibt, wo doch auch die Männer sich Frauen wünschen, die so unterschiedliche Facetten in sich vereinen.

Aber wie soll man das auch von vornherein bei einander feststellen? Man kann ja beim ersten Kennenlernen kaum fragen „du, sag mal, bist du manchmal auch ganz anders als jetzt, sozusagen eigentlich das Gegenteil von dem, was ich jetzt an dir erlebe? Und danach dann aber bitte wieder so wie jetzt?" Oder anders ausgedrückt, „kannst du richtig Mann sein, wenn ich es brauche und ansonsten so toll wie eine Frau sein" bzw. aus seiner Sicht: „kannst du bitte mein bester Kamerad im Alltag, Luder und Amazone im Bett und ansonsten bitte so einfach wie ein Mann gestrickt sein, nicht so viel reden und mir nicht auf den Geist gehen"?

Ich frage mich, ob ich wohl erkennen werde, wenn der Wundermann vor mir steht, oder ob ich ihn womöglich bereits abgesägt, verloren, übersehen oder nur noch nicht getroffen habe? Oder sogar gerade mit ihm zusammenlebe, die Wundertüte lediglich noch nicht ausgepackt wurde?

Kann es sein, dass der Wundermann nur zum Teil Wundermann sein muss, und zum anderen mein Part gefragt ist, dass mein (sanfter) Blick auf ihn, dass unser Zusammenspiel ihn erst zu meinem persönlichen Wunder macht? Wäre das nicht einfach wunderbar?!

Küss mich!

Warum nur, küsst du nicht? Weißt du nicht, wieviel mehr ein Kuss sagt als tausend Worte? Oder sprichst du die Sprache des Küssens noch nicht? Vermagst du dir vorzustellen, wieviel Nähe, Intimität, Geborgenheit, Gewolltsein es mir vermitteln würde? Wie liebevoll, wie zärtlich, wie phantasievoll und leidenschaftlich Küsse unseren Alltag machen würden?

Du denkst dir grad, „wieso, ich küsse dich doch – morgens nach dem Aufstehen, zur Verabschiedung und Begrüßung und jeweils zum Vorspiel, wenn ich mit dir schlafen will". Du fragst dich, was ich also meine? Nun, ich meine damit nicht, mich irgendwie zu küssen, meine weder nichtssagende Busserl, noch langweilige, stoisch gleich ablaufende Kussversuche, noch ein nasstriefendes Rumgesabbere am anderen, sondern diese wunderbaren, miteinander kommunizierenden Liebkosungen bis hin zum stürmisch leidenschaftlich ineinander versinken.

Küsse sind so sinnlich, mitunter intimer als jeder Sex, denn sie erzählen so viel über den anderen, erlauben, ihn kennenzulernen – ist es das, was dich bremst? Willst du dich mir nicht ganz und gar öffnen, mich an dich ranlassen, in dich aufnehmen, sondern lieber nur mit einem sporadischen Lippenaufdruck kurz andocken und gleich wieder auf Distanz gehen? Hast du Angst davor, was ich über dich erfahren, von dir schmecken, über dich denken würde, wenn du mich küssen würdest?

Oder bist du nur noch nicht auf den Geschmack gekommen? Kennst all dies nicht, ja ahnst gar nicht, was es alles kusstechnisch zu entdecken und zu gestalten gäbe? Dass Küsse spielen und locken, geben und nehmen, suchen und erobern, fragen und beantworten, eröffnen und beschließen, beruhigen und aufwühlen, vorantreiben, bejahen und bestätigen?

Zugegeben, all dies ist nicht gefahrlos, nicht ohne Preis zu haben – denn Küsse machen süchtig. Doch was kann schöner sein, als sich nach den Küssen des eigenen Partners stets aufs Neue zu verzehren?! Ich bitte dich, küss mich (endlich)!

Sind Musiker die besseren Liebhaber?

Ich weiß, es ist nicht die feine Art, solche Überlegungen anzustellen, doch manchmal kann ich einfach nicht anders. Männern geht es damit doch bestimmt auch nicht anders?! Nur dass sich bei denen eben keiner mehr darüber empört.

Am häufigsten passiert es mir in den Philharmonie-Konzerten. Wenn ich im Publikum sitze und auf die Musiker schaue, wie sie da, eingetaucht in die Musik, konzentriert, leidenschaftlich, selbstvergessen miteinander harmonieren (wenn es nicht grad ein schrummschrumm Orchester, sondern ein wirklich gutes Ensemble ist) – dann drängt sich mir geradezu der Gedanke auf: Wie es wäre, mit einem von ihnen Sex zu haben? Ich lasse meine Blicke schweifen, bleibe an dem einen oder anderen hängen und frage mich, wie wäre der wohl in „diesen" Momenten? Was würde er bevorzugen, wie sich verhalten, was für Dinge von sich geben, wie sich anfühlen, wie reagieren?

Was beispielsweise kann frau von einem Streicher erwarten – demjenigen im Ensemble, der am stärksten ausdauernd sein muss, da er immerzu im Einsatz ist? Verspricht uns dies sich ewig hinziehende Standfestigkeit oder sogar unendliche, nicht enden wollende Kuschelstunden mit jemandem, der sich insbesondere mit Vibrato auskennt? Betrachten wir zunächst einmal den Geiger. Er fiedelt mit schräg gelegtem Kopf in die höchsten Höhen hoch. Ja, könnte was sein. Ist aber vermutlich gewöhnt, tonangebend zu sein. Will er dann auch beim Sex immer die erste Geige spielen oder genau dann eben nicht?

Dann der Bratscher, den üblichen Orchester-Witzen zufolge, der Loser. Doch wer weiß, im Bett vermutlich der verborgene Schatz, der völlig Unterschätzte, der hier herausholt, was ihm im Orchester nicht zugestanden wird?

Der Cellist, wie er sich wohl fühlen mag, immer das Cello vor seinem besten Stück haltend? Das Cello ist so ein leidenschaftliches Instrument, kraftvoll und emotional. Haben wir es hier mit einem entsprechend leidenschaftlichen Mann zu tun?

Der Bassist, untermalend, ergänzend, nie die Führung inne. Hat ein riesiges Instrument, bei dem er halb steht, halb sitzt, sieht häufig etwas unbeteiligt aus, aber in der Regel sehr männlich, echte Kerle eben. Hmmm, wäre er hier auch so zurückhaltend, ließe sie den „Vorreiter" sein? Oder würde er die im Orchester vermisste Führungsrolle beim Sex kompensieren wollen?

Kommen wir zu den Holzbläsern (Oboe, Flöte, Klarinette, Fagott), denkt man an die Zungentechnik, die diese trainiert haben, kann einem das Herz aufgehen, endlich ein Mann, der küssen kann und vermutlich noch so manch andere Zungenfertigkeit beherrscht?

Die Blechbläser (Horn, Posaune, Trompete, Tuba) hingegen müssen mit viel Druck blasen – oh, mein Gott, wie küssen die denn dann? Mit aufgeblasenen Backen? Können sie überhaupt anders dosieren als mit Kraft?

Dann noch der Pauker – wartet mit seinem Schlagwerk unter Umständen ewig, bis er endlich dran ist, muss dann Millisekunden genau auf den Punkt kommen, den heiß ersehnten Einsatz treffen, manchmal mit 'nem Paukenschlag, manchmal nur mit 'ner Triangel – nun ja, das könnte verheißungsvolle Punktlandungen versprechen, möglicherweise aber auch nur die und vorher wenig Beteiligung?

Nicht zuletzt die Tasteninstrumente, allen voran der Pianist – behände Finger, flink, leicht, fest im Anschlag, mmmmh, kann er mit dem weiblichen Körper umgehen wie mit einer Klaviatur? Allerdings ist er ein Tastendrücker, kein Tonformer, könnte vielleicht auch die Gefahr bestehen, dass er auch beim Sex nur „Tasten drücken" kann?

So vielfältig die Instrumente, so prägend werden sie jeweils für den Musiker sein, denn er hat sie sich nicht nur ausgesucht, sondern auch gelernt, sich in ihnen auszudrücken, mit ihnen spielerisch und kreativ zu sein, sich in ihnen zu spüren. Musik ist Verführung, Leidenschaft, bedeutet in Harmonie gehen, die Seele sprechen lassen, Berührung an Stellen, die sonst unerreichbar sind – wer das beherrscht, wer das zu verstehen und einzusetzen in der Lage ist, muss einfach der bessere Liebhaber sein!

Eines ist daher sicher, ein Liebes-Leben mit einem unmusikalischen Mann ist für mich unvorstellbar!

Der Winzling

Kaum zu glauben, dass noch nicht einmal 10% der eigenen Körpergröße so bedeutsam sein können für einen Mann – jawohl, die Rede ist von seinen angeblich besten Zentimetern.

Er ist winzig klein und doch regiert er die Welt. Er lenkt und steuert, macht sich ganz groß und meint, er wäre der Mittelpunkt von allem – kein Wunder, denn Man(n) hört ja meist auf ihn, fühlt sich ihm ausgeliefert und lässt ihn daher lieber gewähren. Es ist eine halbe Katastrophe, wenn der Winzling nicht mit im Spiel ist, wenn er mal einen schlechten Tag hat, wenn er einen im Stich lässt. Er wird gebraucht, denn Man(n)kann sich so schön über ihn definieren: zieht er häufig ins Feld, gewinnt er die „Schlachten", kommt er gut an, so wirkt dies auf einen selbst zurück und Man(n)fühlt sich gleich selbst als der King. Nicht zu vergessen, er ist auch der Überbringer von Liebesbotschaften; für manch einen, der sich nicht anders auszudrücken versteht, sogar der einzige Kommunikationsweg. Viele geben dem Winzling Spitznamen (von Admiral bis Zauberstab) und reden mit ihm, auch wenn er nicht antwortet. Und obwohl er eigentlich immer nur kurz einsatzfähig ist, weil er – nach so manchem Vulkanausbruch – schnell erschöpft ist und sich durchaus länger regenerieren muss, bevor er wieder voller Tatendrang auftaucht, gilt er bei so ziemlich jedermann als Verbündeter, Helfer, Inspirator, aber auch Diktator und das alles in einem. Was für eine steile Karriere für einen Winzling!

Wer redet schon gerne beim Sex über Sex?

Sind wir mal ehrlich, reden wir nicht genau mit all jenen, die es *nicht* betrifft, durchaus offenherzig über unseren Sex, so beispielsweise mit unseren Freundinnen oder jenen, zu denen wir keine sexuelle Beziehung haben? Nur bei denen, mit denen wir intim sind und die uns wichtig sind, schweigen wir allzu oft – schweigen wir über etwas, was sich so wohltuend auswirken könnte, wenn es geklärt wäre, wenn wir es offenlegen würden, anstatt währenddessen zu denken, „oh man, würde er es doch nur anders machen, würde er jetzt lieber so und so handeln, nicht schon wieder die Variante, nein, nicht da berühren" oder noch schlimmer: wir versuchen uns innerlich wegzubeamen und an jemand anderen zu denken.

Wer bitte redet schon gerne mit seinem Partner über das, was ihn beim Sex stört oder ihm fehlt? Wir tun immer so, als wären wir aufgeklärt, ohne falsche Scham und hätten keinerlei Hemmungen, offen über alles zu reden, doch weit gefehlt – natürlich sind wir hier da immer noch verklemmt, wollen den Partner nicht verletzen, uns keine Blöße geben, das Ganze nicht verkomplizieren durch ein paar verunglückte Äußerungen, die man nicht mehr zurücknehmen kann, haben Angst, dass er ab dann keinen mehr hoch kriegt, sich woanders trösten lässt, uns sexuell uninteressant findet oder sich heimlich rächt. Vielleicht befürchten wir auch seine Gegenforderungen und Äußerungen, die uns dann in Zugzwang bringen, überfordern oder gar abstoßen.

Und manch seltenes Mal haben wir einen Sexpartner, mit dem wir offen reden können – meist sind das allerdings jene, die uns nicht so wichtig sind, bei denen uns unsere Offenheit nicht zu viel Seele freilegt, bei denen der Verlust, wenn es schief ginge, nicht so weh tun würde. Wie gemein ist das denn: Du bist mir nicht so wichtig, also kann ich es bei dir riskieren; du wiederum bist mir wichtig, also erfährst du nichts von mir zu unserem Sex? Ein Paradoxon, denn da, wo es wirklich wichtig wäre, beim eigenen Partner, verbessert sich die Sexualität nicht, aber da, wo es nur um den Sex geht, da gibt man ihm eine Chance zur Entwicklung? Vorausgesetzt, man gehört nicht zu denen, bei denen Sex ausschließlich nur unter der Decke und im Dunkeln stattfindet.

Einer der Gründe, warum die Prostituierte mehr über die Sexwünsche des Mannes weiß als seine eigene Ehefrau ist nicht, weil letztere immer so prüde wäre und die Prostituierte immer so begnadet, sondern weil wir alle grundsätzlich dazu neigen, uns nicht vorschnell kundzutun, wenn uns jemand am Herzen liegt.

Vielleicht hemmt uns auch, dass wir uns fragen, ob wir „normal" sind mit dem, was wir fühlen und wollen oder ob wir dem anderen eine Illusion zerstören, sobald er weiß, was in uns vorgeht. Eine Illusion vermutlich nicht, aber der Sex könnte zunächst einmal etwas verkrampfter werden, unromantischer und sachlicher, weil man etwas sehr Intimes zum Thema macht.

Doch es hätte so viele Vorteile, wenn wir den Mut fänden, dies auszusprechen: Denn unterschwellig ist vermutlich ohnehin spürbar, was wir fühlen und denken, dass wir unzufrieden oder enttäuscht, zumindest nicht begeistert sind; häufig lässt sich mehr Qualität nur erreichen, indem man miteinander spricht. Indem wir es aussprechen, stehen wir zu dem, was wir mögen und nicht mögen. Dies macht uns selbst lustbetonter. Schließlich geben wir auf diese Weise dem anderen die Chance, uns besser kennenzulernen, uns besser einschätzen zu können und zu wissen, was er konkret tun kann, um es für uns schöner zu machen.

Kurzum, die Frage ist also weniger, ob wir es ihm sagen sollten, als vielmehr das Wie: Wie sag ich es meinem Partner? In den meisten Fällen fehlt uns das geeignete Vokabular, wir kennen den richtigen Ausdruck nicht, wissen nicht, ob es angemessen ist, was wir sagen. Dabei ist es ganz einfach: angemessen ist nämlich das, was in uns vorgeht, denn wir sind richtig so, wie wir sind. Wenn wir den anderen wissen lassen, was und dass es uns gefällt, dass wir es /ihn genießen, dass er mit uns genau richtig umgeht, dann bestätigen wir ihn und geben ihm das nötige Selbstverständnis im Umgang mit uns. Wenn wir darüber hinaus Worte wählen, die unsere Phantasien beschreiben, Wünsche benennen, nicht aber Forderungen und Wertungen beinhalten, dann verletzen wir auch nicht. Was wir uns nicht zu tun trauen, darf Kopfkino bleiben, kann sich im Verbalen abspielen, muss nicht in der Realität umgesetzt werden – denn der Großteil unserer Erotik spielt sich ohnehin im Kopf ab. Es geht darum, die eigene und die Lust des anderen zu kennen, zu spüren, zu bedienen, und zu vereinbaren. Und genau das ist im Grunde so einfach, wenn man sich nur mitteilt.

Und obwohl das Herz anatomisch so weit von den Genitalien weg ist, rutscht es uns bei diesem Thema offensichtlich in die Hose ... Doch wo es schon mal da unten ist, könnten wir ja einfach mit ganz viel Herz mit unserem Partner über unseren Sex sprechen, oder?

Entdecke das Weib in dir

Wie gerne würde ich sagen können: „Es ist so herrlich, Frau zu sein – weiblich, verführerisch, geheimnisvoll, lüstern und keusch zugleich." Klingt nach Kitschroman? Den Klischees einer Klosterschülerin? Der Wunschvorstellung eines testosterongetriebenen Mannes nach einer solchen? Ja, mag sein. Doch was hindert mich daran, mich zumindest annähernd so zu fühlen, d.h., mich in mir als sinnlicher Frau wohlzufühlen?

Wenn ich nicht so viel Kopfkino hätte, dann wär' alles einfacher, aber ich hab' nun mal einen Kopf und der ist leider immerzu beschäftigt, über alles nachzudenken, sich Gedanken zu machen, Erwartungen, Vorurteile, Hoffnungen, Illusionen zu verarbeiten.

Zum einen treffe ich auf gesellschaftliche Restriktionen. Würde ich weiblich mein Ding machen, würden alle den Kopf schütteln („wie kann man nur so mädchenhaft an die Sache rangehen"), kehre ich hingegen eine neutrale bis männliche Vorgehensweise heraus, so sind alle hingerissen („wie sie das alles schultert, steht ihren Mann im Job und sagt ihrem Mann, wo es lang geht"). Tja und noch dazu wird auch beruflich eindeutig belohnt, wenn wir unseren Job männlich statt weiblich machen („Wenn du Karriere machen willst, musst du tough sein"). So trainieren wir also tagaus und tagein, bloß nicht zu weiblich zu sein.

Zum anderen steht meiner Weiblichkeit entgegen, dass ich mich in mir selbst körperlich schlichtweg nicht besonders wohlfühle. Bin ich attraktiv und begehrenswert?

Hab' ich nicht zu viel Hüftspeck, zu wenig Bräune, zu viel Orangenhaut an den Oberschenkeln oder Mitesser im Gesicht? Dabei geht es doch gar nicht um diese Einzelheiten, denn es ist gar nicht so wichtig, dass frau schön ist und den Idealmaßen entspricht, sondern viel wichtiger, dass sie mit sich im Reinen ist, sich attraktiv fühlt und genau dies ausstrahlt – es gibt keine attraktivere Frau als jene, die um ihre (wie auch immer geartete) Weiblichkeit weiß und von Innen heraus Sinnlichkeit und Hingabefähigkeit verkörpert. Natürlich gelingt uns dies wesentlich leichter, mit einem Partner an unserer Seite, der das Weibliche in uns verehrt, bekräftigt und uns das Gefühl gibt, ganz Frau sein zu dürfen. Doch auch wir Frauen untereinander können einiges dazu beitragen, uns als Frauen zu bestätigen, weibliche Seiten aneinander wertzuschätzen. Stattdessen erleben wir unter Frauen viel zu oft Neid und Konkurrenzdenken und nutzen somit das weibliche Kraftfeld, mit dem wir uns gegenseitig umgeben könnten, viel zu wenig. Nicht zuletzt liegt es auch an uns selbst, wieviel wir dafür tun, uns selbst zu mögen und uns dafür entscheiden, unsere weiblichen Facetten auszuleben anstatt sie zu reglementieren oder sie uns gar abzutrainieren. Dabei gibt es so hilfreiche und unterhaltsame Ansätze, um sich weiblich gut zu fühlen, wie zum Beispiel im Tanz (im speziellen im Bauchtanz), in einer erfüllenden Sexualität, in sinnlichen Erlebnissen anstelle von Askese und Rückzug (zu welchem wir häufig neigen, wenn wir uns nicht geliebt oder begehrt fühlen).

Wär' das schön – wenn ich meine Kurven als weibliche Natürlichkeit, meine Lustgefühle, Freude an Beziehungsthemen und Nestbau endlich mal als normal ansehen und ausleben, und mir keinen Kopf mehr machen würde, ob das alles so ok ist. Ach, ich wollt', ich wär' ein Tier, dann wär' ich nämlich mehr bei mir. So wie Tiere ihrer Bestimmung folgen und schlichtweg Weibchen (oder Männchen) sind und das mit allen Konsequenzen.

In diesem Sinne sollten auch wir endlich mal aufhören, ständig zu versuchen, ein besserer Mann zu sein. Lasst uns einfach Frauen sein – denn Weiblichkeit ist mit das Größte und Schönste, das wir in uns tragen und dem wir daher den Raum geben sollten, der ihr gebührt. Ich bin sicher, das Leben wäre dann um Vieles einfacher.

Tanz für mich

Er sagte „Tanz für mich" und eh ich mich versah, begann ich mich zu drehen, wog die Hüften sanft hin und her, bewegte Schultern und Kopf kokettierend in seine Richtung, ließ meine Arme durch die Luft gleiten. Ich war selbst erstaunt, wie leicht dies war, wie von selbst flossen die Bewegungen aus mir heraus, fügt sich eine an die andere wie die Töne einer ganzen Sinfonie.

Ich war wie in Trance, aus Tanz wurde Sinnlichkeit und aus Sinnlichkeit Lust und dann, wie von selbst, glitten meine Hände an meinem Körper entlang, betonten, verharrten, umspielten die eine oder andere Stelle, bis ich schließlich begann, die ersten Knöpfe zu öffnen, Verschlüsse zu lösen, und dann, ganz sachte, im Fluss der Musik und der Bewegungen meine letzten Hüllen fallen ließ. Ich merkte kaum, was geschah, es war so betörend selbstverständlich, so stimmig, so sinnlich. Wir sahen einander an, schlossen langsam die Augen und gaben dem Strom, der uns erfasste, nach.

Was mich nachhaltig beschäftigte, war, wie es dazu gekommen sein konnte. Was war es nur, was mich an seinem Tonfall, seiner Gestik, seinem Blick, seinen Worten bewegte, ihm Folge zu leisten? Ich war doch sonst nicht so freizügig, lasziv, geschweige denn voyeuristisch veranlagt.

Wollte ich gefallen, begehrt sein? Nein, dazu hätte mir ein lüsterner Blick von ihm als Anfeuerung gefehlt. War ich ihm hörig? Nein, sicherlich nicht. Vielmehr gab es dieses unausgesprochene Band tiefer Übereinstimmung zwischen uns. Ein Band, dass mir einen geschützten Rahmen bot, mich vom Moment mitreißen zu lassen, mich der Situation hinzugeben. Das war es, was mich bewog, etwas zu tun, was ich noch nie getan hatte – und mich dabei großartig zu fühlen. Ich liebe es zu tanzen, mich im Tanz zu spüren, zu erleben, wie ich in Bewegung bin, diese aus mir fließen lasse. Und nun tanzte ich erstmals alleine, leicht bekleidet, vor einem Mann, in der Einsamkeit der Privatheit. Es hatte nichts Anrüchiges, nichts Provokantes, nichts Beschämendes – nur Sinnliches und diese unglaubliche Selbstverständlichkeit im Tun.

Sein Blick ruhte auf mir, nicht voyeuristisch, nicht lüstern, sondern sinnlich wahrnehmend, begleitend, mitschwingend und selbstvergessen. Wie ein Musiker, der dem Solisten aufmerksam lauscht, um dann im rechten Moment wieder einzustimmen in das gemeinsame Lied, begleitend, abwechselnd, einander umgarnend und ergänzend, verwandelte er mein Solo zu unserem ganz persönlichen, unvergesslichen Duett.

Mit-, gegen-, füreinander:

Das liebe Liebes-Leben

Schnuckiputz und Schnurzelpurps

Kosenamen für Frauen? Kein Problem, da fallen einem gleich 50, nein 100 ein. Wobei es da das Tierreich rauf und runter, bis zur Märchenwelt alles gibt und alles passend erscheint, naja, bis vielleicht auf Chouchou, denn das klingt zwar toll, da französisch, doch wer will schon „mein lieber Kohl" genannt werden?

Kosenamen für Männer? Sehr gebräuchlich sind Bärchen, Muckel, Schnuckel oder ähnliches und natürlich die ganz abgedroschenen wie Liebling oder Schatz (die allerdings Kosename wie Nachname sein können), alles irgendwie recht gewöhnlich. Mein Hengst, mein Tiger, mein Löwe scheinen da schon besser, allerdings auch nur temporär geeignet in ganz speziellen Momenten. Also, wie nennt frau ihn dann? Schnurzelpurzel?

Hat sich schon mal jemand Gedanken gemacht, wie sich so ein Kosename auf die Psyche desjenigen auswirkt? Machen wir ihn damit klein (Spatzerl), tollpatschig (Bärchen), unmännlich (Schnuckelchen), spotten wir über ihn (Moppelchen) oder reduzieren wir ihn auf etwas (Schniedelino, so, wie er uns auf Pussilein)?

Wir wollen doch eigentlich was ganz Individuelles, was speziell auf ihn Gemünztes, was das Besondere, das man einander bedeutet, ausdrückt. Und warum gibt's das nicht? Weil uns die Phantasie ausgeht, weil es nicht nötig ist oder, weil wir uns nicht trauen, etwas zu formulieren?

Und was ist mit den Kosenamen, die wir erhalten – lassen wir zu, dass wir in einer Weise genannt werden, die wir gar nicht mögen? Warum? Weil es eines der wenigen Zeichen ist, die wir als Zuwendung und Liebkosung von ihm erhalten? Weil uns ein schlechter Kosename immer noch lieber ist als gar keiner? Oder weil wir darüber noch nie nachgedacht haben?

Wir sollten aber nachdenken und achtsam dafür sein, wie wir mit Sprache umgehen, denn sie ist Ausdruck dessen, wie wir denken und fühlen bzw. denken und fühlen *werden*.

Eins sag ich dir, wenn ich noch länger dein Schnuckiputz sein muss, dann nenn ich dich ab sofort Furzelbär!

Zwischen Cholera und Pest

Es ist nicht zu begreifen: mit den einen kann man ins Bett gehen und erlebt vollendete Liebhaber, die sinnlich sind, einen bis ins Detail wahrnehmen und entdecken wollen, das Repertoire von zärtlich bis lustbetont (um es vorsichtig und jugendfrei auszudrücken) beherrschen, man kann sie wunderbar riechen, schmecken, spüren, erlebt ein harmonisches, leidenschaftliches Miteinander, kann sich mit ihnen selbst ausleben und diese wiederum ebenso beglücken – ein Traum!

Doch danach dann kommt das böse Erwachen: man kann mit ihnen nicht reden – es fehlt jegliche intellektuelle Basis, die vibrations des Sexes sind leider im geistigen Miteinander nicht zu finden. Ein Gespräch kommt kaum in Gang, ist langweilig oder dummschüssig. Man wünscht sich nur noch weg oder wieder mitten rein in den Sex mit ihnen, da man dann zumindest zeitweilig alles andere vergessen kann.

Und umgekehrt: Man fliegt auf jemanden, weil man sich bestens unterhalten kann, humorvoll, intelligent, schlagfertig, charmant umworben wird, sich verstanden fühlt, auf einer Wellenlänge ist und dann, sobald es auf die körperliche Ebene kommt: Niente, die geistigen Höhenflüge machen eine Bruchlandung, die Berührungen sind unbeholfen bis prüde, kein Funke springt über, man sehnt sich nicht nach mehr, sondern danach, dass es rum ist.

Was ist das nur, Sexgott versus geistige Ergüsse? Soll man sich zwei Männer gönnen, einen für das eine und einen für das andere? Doch abgesehen davon, dass frau das nicht notwendigerweise will, ist es noch dazu sicherlich schwer zu managen, und seitens der Männer wäre vermutlich zumindest der zweite nicht einverstanden ...

Was also dann? Nacheinander, lebensphasenabhängig? Den einen für die Jahre vor der Ehe, den anderen für Ehe und Kinder und danach (wenn nicht schon zwischendrin) wieder den anderen? Ach herrje, das macht doch alles weder Sinn noch Vergnügen. Stehen wir wirklich vor der Wahl zwischen Cholera und Pest?

Hey, Ihr Männer, die Ihr beides, Sinnlichkeit und Intellekt, vereint, wo seid Ihr denn?

Bindungsangst

Ich fand ihn großartig und wollte mit Vollgas in die Beziehung mit ihm springen. Er sagte: „Ich finde, wir sollten es langsam angehen lassen!" und meinte: „Ich bin noch nicht bereit für eine feste Partnerschaft." Ich spürte, dass er am liebsten die Beziehung unverbindlich halten und eine feste Partnerschaft aufschieben würde, solange es geht. Doch ich fühlte mich dabei zur Affäre degradiert, verhungerte am langen Arm und wurde geparkt, ohne zu wissen, worauf es am Ende hinauslaufen würde.

Doch was blieb mir? Friss oder stirb? Denn man kann euch Männer nicht fordern, konfrontieren oder vor ein Ultimatum stellen, ohne dass ihr sogleich laufen geht. Warum kneift ihr, wenn man euch zu einer Stellungnahme bittet, ihr euch committen sollt? Ist es nicht traurig, dass ihr beim kleinsten Druck geht und uns abschreibt, anstatt euch mit uns auseinanderzusetzen? Und heißt das für uns, wir müssen es lassen und dürfen uns nicht beschweren, ohne dass wir riskieren, euch damit zu verlieren? Uns bleibt nur, uns mit allem abzufinden, wenn wir euch behalten wollen?

Oh nein, ich will einen Mann, der mich wirklich will, der mir sagen kann, dass er sich für mich entschieden hat. Ich will bejaht und gewollt sein. Ist das zu viel verlangt? Nein. Und schade ist es um den betreffenden Zögerer eigentlich nicht, denn was will ich mit einem Mann, der mich nicht vollumfänglich will?

Schade ist es nur für dich selbst: Indem du dich zum Alleinherrscher über Nähe und Distanz in der Beziehung machst, isolierst du dich selbst. Sag, hinter welcher Mauer sperrst du dich weg, bleibst unerreichbar und schließt dich selber immer enger ein?

Entscheide dich für's Leben

Ich sehe dich, unzufrieden mit dem derzeitigen Leben, hadernd mit den verpassten Chancen, bitter im Rückblick auf die verflossenen Jahre, enttäuscht von bisherigen Beziehungsversuchen. Ich höre dir zu, deinen harten Worten, deinen ramponierten Träumen, deiner desillusionierten Weltsicht, deinem zerstörten Vertrauen in stabile Beziehungen, deinem verlorenen Glauben an die Liebe. Und ich fühle, wie sehr sich dein Herz zurückgezogen hat, wie traurig deine Seele ist, wie unverstanden du dich fühlst in deinem ganzen Sein und wie sehr du nach einem Weg für dich suchst.

Und ja, du hast Recht, es mag nicht alles toll gelaufen sein in deinem Leben. Doch wärst du nicht du, wenn nicht alles bisher so gewesen wäre wie es ist, denn es hat dich zu dem besonderen Menschen gemacht, der du nun bist. Und immerhin hast du jetzt die Chance, dein Leben anders zu gestalten, hast diese Erkenntnis nicht erst in 20 Jahren, sondern heute, kannst jetzt damit anfangen, etwas zu ändern.

Wir haben nicht die Macht über Dinge, über unser Schicksal, über andere Menschen, aber wir haben die Macht zu entscheiden, wie wir darüber denken wollen, welche Schlüsse wir aus all dem ziehen und wie wir sein wollen.

Es ist so viel leichter, mit Vergangenem umzugehen, wenn man Erkenntnisse daraus resümieren kann, die einen weiterbringen, nicht bittere Erkenntnisse, sondern bejahende, wenn man sich und anderen verzeihen kann, nach dem Motto: „hätte ich (er/sie) es anders gekonnt, hätte ich (er/sie) es anders gemacht." Man ist immer nur so weit, wie man ist. Wer diese verzeihende Haltung hat, verliert auch den Glauben an seine Ideale nicht, bewahrt sich eine dem Leben zugewandte Sicht.

Gib nicht der Enttäuschung Platz in dir, sondern der Lebendigkeit. Entscheide dich für das Leben und nicht aus Bitterkeit dagegen. Denn wer den verpassten Chancen hinterhertrauert, verpasst sein Leben. Hadere nicht, lebe!

Entscheide dich dafür, dass das Schöne des Lebens wieder Raum haben darf in dir – und es wird Einzug halten in dir von ganz allein.

Dornröschenschlaf

Er macht sich zum Affen, zieht sich plötzlich Nietengürtel an, lässt sich die Haare wachsen, gleicht sein dünnes Haar durch ein Toupet aus, trägt Designerjeans wie ein 25jähriger, wir können darauf warten, bis er sich noch das Fett absaugen, sein Doppelkinn liften lässt. Es ist offensichtlich – er hat eine Neue und denkt, wir merken es nicht. Dass er ,ne Neue hat, ist das Eine, doch dass sie blutjung ist, ist das Andere. Was denkt er sich dabei nur? Es macht ihn doch auch nicht jünger, wenn er sich mit Frauen einlässt, die so alt sind wie seine Tochter. Es macht ihn nur lächerlich, zum geschmeichelten, eitlen Gockel, der früher oder später ebenfalls betrogen und stehen gelassen wird. Geben wir ihm ein paar Wochen, dann steht er wieder vor unserer Tür.

Auch wenn er jetzt denkt, er habe einen 6er im Lotto gewonnen, auf seine alten Tage noch einmal die Chance auf den Sex seines Lebens, wird er bald merken, dass ihm dabei etwas fehlt: Denn wir, wir haben ihm den Rücken freigehalten, ihn umsorgt, kennen seine Ticks und Macken, seine speziellen Vorlieben, seine Allüren und Ängste, seine Schwächen. Was er jetzt bekommt, ist etwas gänzlich Anderes.

Bei den jungen Dingern ist er der Erfahrene, der Souveräne, der Mann von Welt. Sie geben ihm das Gefühl, wieder jung, begehrt und nach wie vor ein Held im Bett zu sein. Der Preis ist zwar hoch, es kostet ihn seine Kreditkarte und so manchen Schmerz in der Bandscheibe von den ungewohnten und altersunangepassten Ansprüchen seiner Gespielin, das Ausgehen in jugendlich durchsetzten Bars sowie das Aushalten diverser Irrungen im Musikgeschmack. Dann und wann wird er nicht ganz mithalten können, sie wird verständnisvoll sagen, „Kann ja dem Besten mal passieren". Wenn er beim Tennis sogleich aus der Puste und ihr ein zu schwacher Gegner ist, wird er einen grippalen Infekt vorschieben müssen. Schließlich wird sie sich immer häufiger mit anderen verabreden, während er berufliche Termine vorgibt. Aber er wird auch belohnt. Nicht nur mit jeder Menge Sex, sondern vor allem mit dem guten Gefühl, noch einmal wer zu sein, vielleicht sogar wer anderes zu sein, undurchschaut sich so fühlen zu können, wie er sich fühlen will und nicht so, wie er wirklich ist.

Und genau das ist das Problem: Was wir ihm geboten haben, macht uns nicht reizvoll für ihn, im Gegenteil, er fühlt sich bei uns bis in die Tiefe erkannt und durchschaut, damit fühlt er sich leider nicht attraktiv, nicht geschmeichelt, sondern auf das reduziert, was er ist. Und wir sind für ihn damit unangenehm, zwar im Alltag unverzichtbar, aber als Partnerin nicht mehr anziehend. Dumm gelaufen?

Sein Weggang lässt uns aus einem Dornröschenschlaf aufwachen. Auch wenn dies für uns überraschend kam und wir zunächst alles andere als begeistert, um nicht zu sagen, todunglücklich sind, bietet sich uns hier nichtsdestotrotz eine große Chance. Denn wir können nun mit etwas Abstand auf die Beziehung blicken und uns fragen: Fehlt uns nicht auch etwas? Welche unserer Bedürfnisse waren zu kurz gekommen? Wie viele Jahre waren wir im Dornröschenschlaf und haben all dies nicht hinterfragt? Es vergehen ein paar Wochen und wir begeben uns erzwungenermaßen auf den Weg, uns selbst neu zu entdecken, uns neu aufzustellen jenseits der Beziehung mit ihm.

Und wenn wir uns dann gerade mit alldem arrangiert haben und uns endlich wieder wohl fühlen in unserer neu eroberten Situation, wird er mit seinem Köfferchen wieder vor unserer Tür stehen und es ist an uns zu entscheiden: Wollen wir ihn und unseren Dornröschenschlaf überhaupt noch zurück?

Der Psychopath

Wieso gerate ich immer an die Durchgedrehten? Hab ich Helfersyndrom auf der Stirn stehen? Nein, aber offensichtlich ruft mein Herz nach ihnen, denn wieso würde ich sie sonst so anziehen?

Erst erscheinen sie so wunderbar normal, belesen, gewandt, interessiert und einem zugewandt, oft sogar fürsorglich. Und dann, wenn man sich emotional auf sie eingelassen hat, dann kommen plötzlich die Baustellen hoch, dann packen sie die Traumata aus, dann kommen die Stimmungsumschwünge, dann wirst du von der Angebeteten zum Feindbild und wieder zurück beordert. Und du glaubst wirklich, dass du ihnen mit ausreichend Liebe, Anstrengung, Unterstützung helfen kannst? Dass dies ihre Probleme überwinden lässt? Du ihnen die bessere, die heilende Partnerin sein kannst, die sie nie hatten und so dringend bräuchten? Was für eine Hybris!

Wieso sehen wir nicht, wie kaputt wir uns dabei selber machen? Dass wir gar nichts ausrichten können, da wir nicht ihr Entwicklungshelfer, Therapeut oder Seelsorger sind, sondern eine ganz normale Frau auf der Suche nach einer ganz normalen, stabilen Partnerschaft? Und die gelingt nun mal nicht mit einem Beziehungsgestörten, einem Selbstmordkandidaten, einem Frauenhasser u.ä..

Ich schließe mal aus, dass es uns insgeheim gefällt, schlecht behandelt zu werden. Aber vielleicht ist uns dies allzu vertraut und erscheint uns damit geradezu normal bzw. als typisch für eine Beziehung? Oder hofft manche von uns sogar auf das Misslingen der Beziehung oder auf eine schwierige Beziehung, weil dies ihr Weltbild bestätigt, dass Männer nun mal schlecht und beziehungsgestört sind oder noch schlimmer, dass ihr keine glückliche Beziehung zusteht?

Bitte nicht! Schritt 1 ist, sich selbst eine gesunde, balancierte Partnerschaft zuzugestehen und Schritt 2, nach entsprechenden Kandidaten Ausschau zu halten. Wobei sich einem dies bzgl. die Frage stellt, ob es überhaupt noch freilaufende, nicht gestörte Männer gibt? Oder sind die alle bereits weggeheiratet und hinter gut verschlossenen Ehe-Türen? Und falls es sie noch gibt, dann bräuchte es eine bessere Auswahlstrategie. Frei nach Aschenputtel, die guten ins Töpfchen, die schlechten ins Kröpfchen. Doch woran erkennt man die guten und die schlechten, ohne sich erst auf sie einlassen zu müssen? Sie sind ja gut getarnt. Die wichtigste Frage scheint daher zu sein: Tut er mir gut? Fühlt es sich gut an mit ihm? Oder möchte ich nur, dass es so ist, aber wenn ich ganz ehrlich mit mir bin, müsste ich mir eingestehen, dass eigentlich gerade gar nichts gut läuft, ich mich nicht rundum wohlfühle, ich nicht mit einem guten Gefühl aus unseren Begegnungen herausgehe?

Und wenn all das nicht hilft, muss ich halt einen auf Froschkönig machen, vielleicht wurde ja noch ein Prinz übersehen – aber uahhh, wie viele Frösche muss ich auf dem Weg noch küssen?

Federn lassen ist federleicht

Federn lassen ist federleicht. Und manchmal ist es ein ganzes Leben, das man dabei hinter sich lässt. Manchmal die halbe Identität.

Es traf mich wie aus dem Nichts. Er kam zur Tür herein und sagte einfach nur „Das war's." Das war's? Kann man so viele Jahre, so viel Gefühl, so viel Erlebtes einfach auf zwei Wörter reduzieren? Ich hörte ihn dies sagen, sah ihn langsam und mit großen Augen an, nicht verstehend, nicht begreifend, eher verwundert als fassungslos und fragte nur leise „Und warum?" Die Antwort kam wie vorbereitet: „Weil du nicht mehr die bist, in die ich mich mal verliebt habe."

Es klang wie ein Urteil, wie eine Vernichtung. Doch wo war dabei sein Gefühl? Seine eigene Trauer über das Verlorene?

Es klang wie eine Kündigung – weil Sie nicht mehr das arbeiten, für das wir Sie eingestellt haben. So sachlich. Und eindeutig meine Schuld? Doch hatte nicht genau er mir in den letzten Jahren immer mehr Päckchen aufgebürdet und mir zugemutet, neben meiner eigenen Karriere auch noch seine (ungeliebten) Aufgaben zu übernehmen? So ganz selbstverständlich – die Pflege seiner Mutter, seiner Kinder aus erster Ehe, ein Haus kaufen und umbauen, seine Projekte coachen …

Es klang nach Verachtung. Wie kannst du dich von dem wegentwickeln, was ich in dir sah? Aber gehört Entwicklung nicht zu jedem Menschen, zu jedem Paar dazu? Und ist nicht Beziehung ein sich miteinander weiterentwickeln?

Ich fragte „und jetzt, was stellst du dir nun vor?" „Ich werde heute noch meine Sachen packen." Mit diesem Satz verließ er den Raum, verließ mich, uns, die Familie und alles, was uns einmal etwas wert gewesen war.

Dann fiel die Tür ins Schloss. Und ich war noch nicht einmal mehr die, zu der er mich gemacht hatte.

Ich habe doch alles getan

Ich habe alles getan, um dich zu halten – ich habe für dich gekocht, dich verwöhnt, meine Zeiten nach deinen gerichtet, mich zurückgehalten, dich nicht überrannt, nicht gedrängt und nicht gefordert. Ich habe meine Familie und Freunde vernachlässigt und mich stattdessen den deinen gewidmet. Ich habe meine Hobbies zugunsten unserer gemeinsamen reduziert. Ich habe mich zum Modepüppchen aufgebrezelt, habe Kunstnägel, Piercings, Strähnchen und The Sexiest High Heels of Town für dich getragen. Ich habe mich deinen sexuellen Wünschen geöffnet, habe mich wider meinem eigenen Bedürfnis deinen Vorstellungen genähert. Ich habe mich komplett von mir entfernt, doch es hat alles nichts geändert, du bist gegangen.

Und so habe ich dann alles getan, um dich zu vergessen – ich habe Deine Kontaktdaten gelöscht, meinen Kleiderschrank wieder auf mein Niveau gebracht, alles übrige sowie deine Geschenke entsorgt, habe meine Hobbies wiederaufgenommen, mich wieder mit alten Bekannten getroffen, habe Urlaub gebucht, mir eine 10er Wellnesskarte gekauft, bin auf Partys gegangen und habe geflirtet, wenn es sich ergab. Ich habe mich mit Ablenkung überschüttet, doch es hat alles nichts geändert, du bist immer noch in meinem Kopf.

Und nun? Nun bleibt mir nichts Anderes übrig, als mich wiederzufinden und mich endlich mal selber wichtig zu nehmen. Mühsam lerne ich, erstmalig das Richtige zu tun. Und das ändert alles.

Das Schwein

Ich hatte keine Haustiere. Zumindest dachte ich, ich hätte keine. Bis ich nach Hause kam und feststellen musste – mein Mann ist ein Schwein.

Anders kann man es ja wohl kaum beschreiben, wenn einem der eigene Ehemann eine andere Frau ins Ehebett legt. Ob mein Mann sich fühlte wie der Sieger, der mich abstraft, mir heimzahlt, dass ich ihn Armen allein zuhause lasse? Und was geht in einer solchen Frau vor, dass sie dies mitmacht, sich in das Bett einer anderen legt? Ob der Sex gut ist, den besonderen Kick hat?

Während sich bei den einen Frauen irgendwann im Leben die Frage stellt, „was aus dem coolen Rebellen geworden ist, in den sie sich verliebt haben" und die Antwort lauten muss „Den finden sie unter ihrem Pantoffel" (wie Violetta Simon es so treffend formuliert hat), muss ich mich in meinem Fall fragen, wo der Anstand des Kerls geblieben ist, den ich mal geheiratet hatte. Nun, der ist offenbar unter die Räder geraten, als er auf Überholspur ging.

Wie zynisch, wie bitter darf frau werden, wenn sie dies erlebt? Was tun, wenn sie keine Wut, keinen Sarkasmus entwickelt, keine Mordgelüste, keine Kastrationsphantasien oder Voodoozauber-Wünsche hat? Wenn sie keinen Callboy kontaktiert, keine One-Night-Stands-Wettbewerbe aufstellt und auch keine alten Liebschaften wieder reaktiviert? Sie sich weder sinnlos besäuft noch drei Kilo Schokolade futtert? Bedenklich? Ja, bedenklich. Denn irgendwo muss sie ja hin mit der Enttäuschung, dem Verletztsein, den zerplatzten

Träumen, der bis dahin angenommenen gemeinsamen Zu-kunftsvision.

Es heißt, alle Männer seien Schweine. Bitte nicht, bitte lass ihn das einzige Schwein meines Lebens gewesen sein. Oder aber lass mich statistisch gesehen nun eine echte Chance auf einen Ausnahmemann haben. Alles wird gut. Und wenn nicht, dann mach ich Schweinespieße.

Mann zu reklamieren

Nein, ich will ihn nicht mehr – so hatten wir nicht gewettet, es konnte doch keiner ahnen, dass der sich mal so entwickeln würde – jetzt hab' ich diesen Langweiler, diesen Coachpotato, diesen unansehnlich aus der Form geratenen Sichgehenlasser, der lust- und energielos vor sich hinlebt und mehr auf den Schein als das Sein fokussiert.

Also, wenn er ein Elektrogerät wäre, würde ich es wegen zu schwacher Leistung zurückschicken. Kann ich nicht vielleicht auch ihn reklamieren? Doch an wen? Hätte er 'ne Neue, würd' ich ja sagen „ich schenk dir meinen Mann", doch selbst 'ne Neue hat er nicht, wie auch, denn wer will schon jemanden, der so ist wie er? Wo ist der Held, den ich mal geheiratet habe? (Böse Zungen würden sagen: Unter deinem Pantoffel begraben!) Wo der Visionär, der Idealist, der Unbeugsame, der keine Kompromisse kennt, wenn es um seine Werte geht? Oh, wie habe ich deine Begeisterung, deinen Tatendrang, deine Leidenschaft, mit der du alles angingst, geliebt – wie sehr manches Mal deinen unbeugsamen Willen verdammt, wenn er mir querschoss, aber dich gleichzeitig dafür bewundert, dass du so eingestanden bist für deine Ideen und Überzeugungen.

Bist du noch da, du Mann, den ich einst kennen und lieben gelernt habe? Was ist geschehen, dass du nun so leer bist? Ist es der Lauf der Dinge, die berühmte Midlifecrisis oder hast du dich einfach mit den Jahren so verändert, dein altes Sein verlassen? Hast du deine Persönlichkeit irgendwann und irgendwo unbemerkt an den Nagel gehängt oder war es ein schleichender Prozess, den ich nicht bemerkte? Wie auch immer, ich erreiche dich nicht mehr, unsere Gespräche verlaufen im Nichts, versanden, werden entweder belanglos oder enden im „ach, lass mich doch in Ruhe"-Streit – dein ganzes Streben gilt nun der Bequemlichkeit, dem Laufenlassen, dem Nichtstun, der Oberflächlichkeit, dem schnöden Mammon. Uns verbinden keine Ideale, keine Leidenschaften, keine Hobbies, keine gemeinsamen Werte mehr. Selbst die Trauer über das Verlorene scheinst du nicht mit mir zu teilen. Bis, dass der Tod euch scheidet, haben wir uns versprochen und ich frage mich, ist das nun der Tod? Oder soll ich diese innere Leere aushalten, bis uns der körperliche Tod davon befreit?

Ach, wie gern würde ich die Zeit zurückdrehen, hätt' zu gern meinen „alten" Mann zurück, würd' so gern reklamieren, was das Schicksal mir gerade bereitet. Doch leider finde ich den Kassenbon nicht, mit dem ich ihn noch umtauschen könnte und so versuche ich mich zu arrangieren, ohne ihn auszukommen, ihn zu übersehen. Doch dabei passiert nur eines: ich verliere nicht nur ihn, sondern auch uns und nicht zuletzt mich selbst.

Wären wir eine Firma, würde man sagen: verschleppte Insolvenz. Regelmäßige Wartung und routinemäßige Jahresbilanzen wären eine gute Strategie gewesen, um diesen Verfall aufzuhalten. Vielleicht wäre auch ein Kundendienst oder Beratervertrag noch jetzt eine Lösung. Ich werde gleich mal in die Gelben Seiten schauen, ob sich da nicht was findet.

Die drei aus meinem Traum

Ich habe ihn wieder geträumt, den Traum meiner drei Männer.

Da gibt es zum einen Antonio, meinen temperamentvollen Spanier, ahhhhhh, ein Liebhaber erster Sahne, voller Elan, feuriger Liebesschwüre, Guapa hier, Bella da, und in nullkommanichts werde ich von seinem Enthusiasmus mitgerissen. Banales, Sachliches, Pragmatisches spielt hier keine Rolle, alles ist emotional, pompös, grandios, weltbewegend. Antonio legt mir die Welt zu Füßen, betet mich an, setzt Himmel und Hölle in Bewegung, um mein Herz zu erobern und mich in seinen Liebestaumel mitzureißen; er, der so manchen Stierkampf für mich gewinnen will, der sich duellieren würde, um für mich einzustehen.

Dann ist da François, mein charmanter Franzose mit dem Grübchen unten rechts, mmmmmmh, wenn der zu sprechen beginnt mit seinem wundervollen französischen Akzent, seiner Sprachgewandtheit, ebenso eloquent wie niveauvoll, ist es die reinste Musik in meinen Ohren. Ich schmelze dahin, ob seiner formvollendeten Manieren, sonne mich in seinen Worten und Gedanken, werde entführt in seine edle Welt, sehe mich in entsprechend aristokratischen Kreisen und Pariser Schlössern des 18. Jahrhunderts, in unglaublichen Gewändern und Kostbarkeiten, auf höfischen Festen und Bällen tanzend, umgarnt und angebetet wie eine Prinzessin.

Und dann Karim, mein stolzer Araber, ooooooooohhh. Er schaut mich an mit einem Blick, bei dem ich zu beben beginne, zugegeben, machomäßig, aber mein Herz, das beginnt zu rasen. Ein Film von tausendundeiner Nacht läuft vor meinem inneren Auge ab. Ich, Haremsdame Nummer eins. Die Verführung in Person. Und er, der mit einem Gang, der den Boden erzittern lässt, hereinschreitet, alle verhüllten Damen absucht nach der einen, mir, die er entdeckt und auswählt, die einzige, die ihm etwas bedeutet, die, die ihm das geben kann, was er wirklich braucht. Und dann geht es ab in die Haremsgemächer und das Ganze nimmt seinen Lauf ...

Diesen dreien begegne ich im Traum immer mal wieder, aber in dieser Nacht ist es anders, da kommt ein vierter Mann, ein Prinz auf einem weißen Schimmel geritten (und es ist einer dieser Träume, in denen man „weißer Schimmel" denken und sagen darf ohne für diese Tautologie gerügt zu werden), er kommt auf mich zu und ruft mir entgegen, „Ich heiße Antonio Francesco Karim" – und ich erwidere bereits, ehe er weitersprechen kann, „ja, ich will"!

Ein Grunzen neben mir, lässt mich aufschrecken, ich erwache aus meinem Traum und blicke mich um, ich bin in unserem Schlafzimmer, neben mir im Bett liegt mein Mann, schnarcht vor sich hin, im Schiesser-Schlafanzug, den Mund halb offen. Anstelle seidiger Tücher aus tausendundeiner Nacht umgibt mich praktische Baumwollbettwäsche. Willkommen in der Realität.

Ich gehe unter die Dusche und versuche, mir die warmen, schönen Erinnerungen noch ein Weilchen zu erhalten. Und als wir dann beim Frühstück zusammensitzen und ich uns Cappuccino mache, rieche ich das Südländische des

Cappuccinos, gedankenversonnen reiche ich ihm den Cappuccino rüber und er lächelt mich überrascht an, weil ich ihm ein Herzchen aus Kakaopulver drüber gestreut habe – und es blitzt die Wärme meines Spaniers durch. Das Banale eines Cappuccinos bekommt eine ganz andere Dimension.

Als ich ihm dann von vorigem Tag erzähle und er mal wieder genau die richtigen Worte findet, um auf das, was ich ihm berichte, zu reagieren, ich mich so unfassbar gut verstanden fühle, erfahre ich die feine Rhetorik meines Franzosen, die mir Geborgenheit schenkt und mir zeigt, wie bedeutsam ich für ihn bin. Und als ich dann aufstehe, um zur Arbeit zu gehen und ich ihm, immer noch etwas traumbeseelt, ganz kokett einen Handkuss zuwerfe, bemerke ich den Blick, den er mir hinterwirft und wie wohl er mich als Frau und nicht nur als Partnerin ansieht. Während ich dies bemerke, durchfährt mich wie bei meinem Araber ein Blitz – warum nur bemerke ich all dies so selten?

Es sind nicht die weltbewegenden Dramen unseres Traumes, sondern die kleinen Dinge, die unsere Beziehung ausmachen, die unsere Kostbarkeiten sind. Es ist mein Mann, der auf dem weißen Schimmel reitet, wenn ich es nur zulasse. Mein Mann, der Anton Franz Karl, doch Karim wäre fast noch passender, denn tausendundeine Nacht können wir durchaus. Übrigens, ein Grübchen unten rechts, das hat er auch.